A CACHORRA

A cachorra

Pilar Quintana

TRADUÇÃO
Livia Deorsola

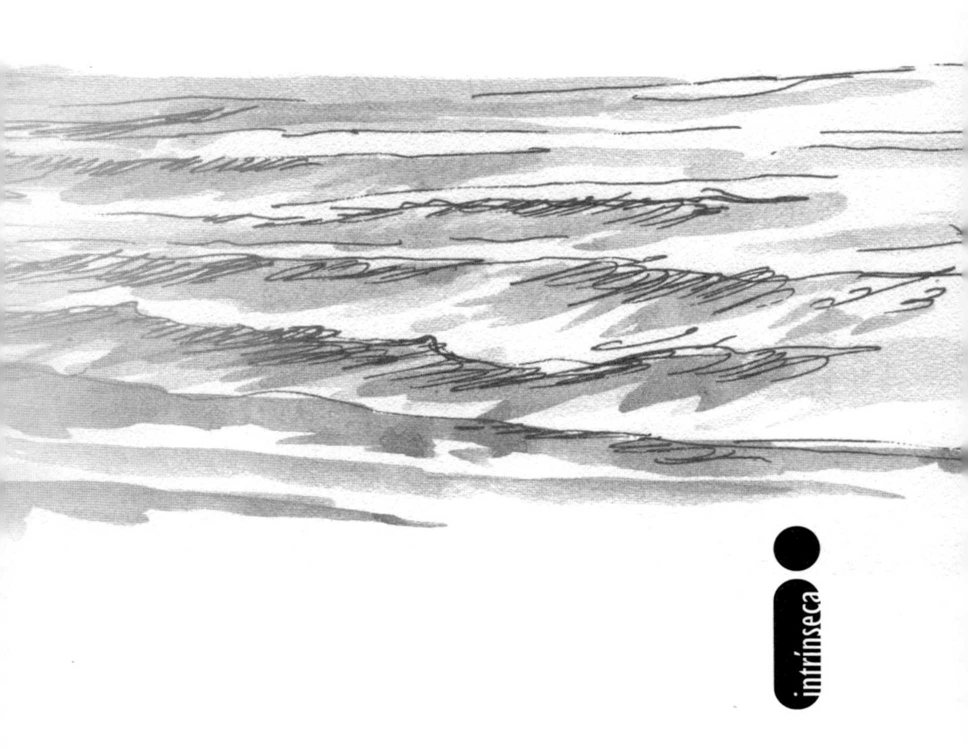

intrínseca

Primeira edição: julho de 2017, Bogotá, Colômbia
Agência literária: Casanovas & Lynch Literary Agency S.L.

TÍTULO ORIGINAL
La perra

PREPARAÇÃO
Ana Paula Costa

REVISÃO
Wendell Setubal

ARTE DE CAPA
Elisa Von Randow

ILUSTRAÇÃO DA CAPA
Felipe Freitas | nippx.arte | @nippx

PROJETO GRÁFICO E DIAGRAMAÇÃO
Ilustrarte Design e Produção Editorial

ILUSTRAÇÃO DO MIOLO
Kozh/iStock

CIP-BRASIL. CATALOGAÇÃO NA PUBLICAÇÃO
SINDICATO NACIONAL DOS EDITORES DE LIVROS, RJ

Q67c
Quintana, Pilar, 1972-
A cachorra / Pilar Quintana ; tradução Livia Deorsola. - 1. ed. - Rio de Janeiro : Intrínseca, 2020.
160 p. ; 21 cm.

Tradução de: La perra
ISBN 978-85-510-0659-7

1. Romance colombiano. I. Deorsola, Livia. II. Título.

20-63578 CDD: 868.993613
CDU: 82-31(862)

Meri Gleice Rodrigues de Souza - Bibliotecária CRB-7/6439

[2020]

Editora Intrínseca Ltda.
Av. das Américas, 500, bloco 12, sala 303
22640-904 – Barra da Tijuca
Rio de Janeiro — RJ
Tel./Fax: (21) 3206-7400
www.intrinseca.com.br

— Encontrei ela ali hoje de manhã, de barriga para cima — revelou dona Elodia, indicando um ponto na praia onde se juntava o lixo que o mar trazia ou desenterrava: troncos, sacolas plásticas, garrafas.

— Envenenada?

— Acho que sim.

— O que fizeram com ela? Enterraram?

Dona Elodia fez que sim com a cabeça e disse:

— Meus netos.

— Lá em cima, no cemitério?

— Não, aqui mesmo, na praia.

Muitos cães do povoado morriam envenenados. Havia quem dissesse que eram mortos de propósito, mas Damaris não podia acreditar que existissem pessoas capazes de fazer algo assim e achava que os cachorros comiam por engano as iscas com veneno deixadas para os ratos, ou comiam os ratos, que, por estarem envenenados, eram caçados com facilidade.

— Sinto muito — disse Damaris.

Dona Elodia apenas assentiu. Tinha aquela cadela havia muito tempo, uma cadela preta que vivia estirada ao lado do bar e andava atrás dela por todo lado: a igreja, a casa da nora, a loja, o cais... Devia estar muito triste, mas não demonstrava. Pôs de lado o filhote que tinha acabado de alimentar com uma seringa que enchia com o leite de uma xícara e pegou outro. Havia dez e eram tão pequenos, que ainda não tinham aberto os olhos.

— Têm seis dias de vida — contou dona Elodia —, não vão sobreviver.

Ela era velha desde que Damaris se entendia por gente, usava uns óculos de lentes grossas que aumentavam seus olhos e era gorda da cintura para baixo, uma pessoa de poucas palavras, que se movia com lentidão e se mantinha tranquila até nos dias mais agitados do bar, quando havia bêbados e crianças correndo por entre as mesas. Dessa vez, no entanto, era nítida sua angústia.

— Por que não os distribui? — sugeriu Damaris.

— Já levaram um, mas ninguém quer cachorros tão pequeninos.

Como era baixa temporada, no bar não havia mesas nem música nem turistas nem nada, só o espaço vazio que agora ficava enorme com dona Elodia sentada em um banco e os dez filhotes numa caixa de papelão. Damaris os olhou com atenção, até que se decidiu por um.

— Posso levar este? — perguntou.

Dona Elodia pôs na caixa o que acabara de alimentar, pegou o que Damaris tinha indicado, um de pelo cinza e orelhas caídas, e o olhou por trás.

— É fêmea — disse.

Quando a maré estava baixa, a praia ficava imensa, um descampado de areia preta que mais parecia barro. Quando estava alta, a água a cobria por inteiro e as ondas traziam paus, ramos, sementes e folhas mortas da selva, que se misturavam com o lixo jogado pelas pessoas. Damaris estava voltando de uma visita à sua tia em outro povoado, que ficava no alto, em terra firme, passando o aeroporto militar, e era mais moderno, com hotéis e restaurantes de alvenaria. Tinha parado na casa de dona Elodia por curiosidade ao vê-la com os cachorrinhos e agora ia para casa, que ficava na ponta oposta da praia. Como não tinha onde colocar a cachorra, a pôs contra o peito. Ela cabia em suas mãos, cheirava a leite e fazia com que sentisse uma vontade enorme de abraçá-la bem apertado e chorar.

O povoado de Damaris era uma rua comprida de areia firme, com casas de lado a lado. Todas elas estavam em estado precário e se elevavam do chão sobre estacas de madeira, com paredes de tábua e telhados escuros de bolor. Damaris estava com um pouco de medo da reação de Rogelio ao ver a cadela. Ele não gostava de cachorros e, se os criava, era apenas para que latissem e cuidassem da propriedade. Já tinha três: Danger, Mosco e Olivo.

Danger, o mais velho, era parecido com os labradores usados pelos militares para farejar as lanchas e as bagagens dos turistas, mas sua cabeça era grande e quadrada como a dos pitbulls que havia no Hotel Pacífico Real, no outro povoado. Era filho de uma cadela do finado Josué, que realmente gostava de cachorro. Ele os tinha para que latissem, mas também lhes dava carinho e os treinava para que o acompanhassem quando fosse caçar.

Rogelio contava que, um dia em que fora visitar o finado Josué, um filhote que ainda não tinha completado dois meses se afastou da ninhada para latir para ele. Pensou que era aquele o cachorro de que precisava. O finado Josué deu o filhote de presente, e Rogelio lhe pôs o nome de Danger, que significa perigo. Danger cresceu para se tornar o que prometia, um cachorro zeloso e bravo. Quando falava dele, Rogelio parecia sentir respeito e admiração, mas no trato não fazia nada além de espantá-lo, de gritar "Fedorento!" e levantar-lhe a mão para que se lembrasse de todas as vezes que tinha batido nele.

Dava para perceber que Mosco não tivera uma boa vida quando filhote. Era pequeno, magro e trêmulo. Certo dia apareceu na propriedade e, como Danger o aceitou, ficou morando ali. Chegou com uma ferida no rabo, que em poucos dias infeccionou. Quando Damaris e Rogelio se deram conta, a ferida estava repleta de vermes e Damaris achou que tinha visto sair dela uma mosca voando, já completamente formada.

— Você viu?! — perguntou.

Rogelio não tinha visto nada e, quando Damaris explicou, riu a gargalhadas e disse que finalmente tinham encontrado um nome para o animal.

— Agora fique quieto, Mosco filho da puta — ordenou.

Pegou-o pela ponta do rabo, ergueu seu facão e, antes que Damaris pudesse se dar conta do que ia fazer, cortou-o num talho só. Ganindo, Mosco saiu correndo e Damaris olhou horrorizada para Rogelio. Ele, com o rabo infestado de vermes ainda na mão, deu de ombros e disse que tinha feito aquilo só para deter a infecção, mas ela sempre achou que ele havia se deleitado com o ato.

O mais jovem, Olivo, era filho de Danger e da cadela das vizinhas, uma labradora chocolate que elas diziam ser de raça. Parecia-se com o pai, embora tivesse o pelo mais longo e claro. Olivo era o mais arredio dos três. Nenhum deles se aproximava de Rogelio e eram todos muito desconfiados; Olivo, no entanto, não se aproximava de ninguém e era tão desconfiado, que não comia se houvesse gente por perto. Damaris sabia que era porque Rogelio aproveitava quando estavam comendo para se chegar sem que eles percebessem e surpreendê-los dando chicotadas com uma vara de bambu fina, destinada só para esse fim. Fazia isso quando os cachorros tinham estragado alguma coisa ou apenas porque sim, pelo prazer que lhe dava bater neles. Além do mais, Olivo era traiçoeiro: mordia sem latir e por trás.

Damaris matutou que com a cadela tudo seria diferente. Era sua, e ela não permitiria que Rogelio lhe fizesse nenhuma daquelas coisas, não deixaria nem que a olhasse feio. Havia chegado à venda de seu Jaime e a mostrou.

— Que coisinha tão pequena — observou ele.

A venda de seu Jaime só tinha um balcão e uma parede, mas era tão bem sortida, que nela se conseguiam desde alimentos até pregos e parafusos. Seu Jaime era do interior do país, tinha chegado sem nada na época em que estavam construindo a base naval e se juntou com uma negra do povoado, mais pobre do que ele. Alguns diziam que tinha progredido graças a bruxarias, mas Damaris achava que era por ser um homem bom e trabalhador.

Naquele dia, ele lhe vendeu fiado as verduras da semana, um pão para o café da manhã do dia seguinte, um saco de leite em pó e uma seringa para alimentar a cachorra. Além disso, lhe deu uma caixa de papelão.

Rogelio era um negro grande e musculoso, com uma cara zangada permanente. Quando Damaris chegou em casa com a cachorra, ele estava do lado de fora, limpando o motor da roçadeira. Nem sequer se deu o trabalho de cumprimentá-la e disparou:

— Outro cachorro? Nem pense que eu vou cuidar dele.

— Por acaso alguém pediu alguma coisa a você? — retrucou Damaris, seguindo direto para o casebre.

A seringa não funcionou. O braço de Damaris era forte, porém desajeitado, e os seus dedos tão gordos como o resto de sua pessoa. Cada vez que empurrava, o êmbolo ia até o final e o jorro de leite saía com tudo do focinho da cachorra, derramando-se por todo lado. Como a cachorra não sabia lamber, Damaris não podia lhe dar o leite em uma vasilha, e as mamadeiras vendidas no povoado eram para bebês humanos, grandes demais. Seu Jaime lhe recomendou que usasse um conta-gotas, e ela tentou fazer isso, mas bebendo dessa forma a cachorra não encheria a barriga nunca. Então ela teve a ideia de embeber pão no leite e deixar que a cachorra o sugasse. Essa foi a solução: ela o devorou inteiro.

O casebre onde moravam não ficava na praia, e sim em um rochedo cercado de mata onde as pessoas brancas da cidade tinham casas de veraneio grandes e bonitas, com jardins, caminhos de pedras e piscinas. Para chegar ao povoado, descia-se por uma escadaria comprida e íngreme que, como chovia muito, tinham que esfregar com frequência para retirar a lama e para que não ficasse escorregadia. Depois era preciso atravessar a angra, um braço de mar largo e caudaloso como um rio, que se enchia e esvaziava com a maré.

Naqueles dias a maré estava alta pela manhã, de modo que, para comprar o pão da cachorrinha, Damaris tinha que se levantar na primeira hora, sair do casebre já carregando o remo, descer a escada com ele no ombro, empurrar a canoa desde o cais, colocá-la na água, remar até o outro lado, amarrar a canoa a um coqueiro, levar o remo no ombro até a casa de algum pescador que morasse junto à angra, pedir ao pescador, sua mulher ou às crianças que cuidassem dela, ouvir as lamúrias e as histórias do vizinho e atravessar meio povoado a pé, até a venda de seu Jaime... E a mesma coisa na volta. Todos os dias, mesmo sob chuva.

Durante o dia, Damaris levava a cachorra enfiada no sutiã, entre os seios macios e fartos, para mantê-la quentinha. À noite, deixava-a na caixa de papelão que seu Jaime tinha dado a ela, com uma garrafa de água quente e a camiseta usada por ela naquele dia, para que não sentisse falta de seu cheiro.

O casebre em que moravam era de madeira e estava em mau estado. Quando caía uma tempestade, tremia com os trovões e balançava com o vento, a água entrava pelas goteiras do teto e pelas frestas nas tábuas das paredes, tudo ficava frio e úmido, e a cadela punha-se a choramingar. Fazia muito tempo que Damaris e Rogelio dormiam em quartos separados, e nessas noites ela se levantava depressa, antes que ele pudesse dizer ou fazer algo. Tirava a cachorra da caixa e ficava com ela na escuridão, acarinhando-a, morta de susto por causa das explosões dos raios e da fúria do vendaval, sentindo-se diminuta, menor e menos importante no mundo do que um grão de areia do mar, até que a cachorra se aquietava.

Também a acarinhava de dia, à tarde, depois que acabava as tarefas da manhã e o almoço, e sentava-se em uma cadeira de plástico para assistir às novelas com ela no colo. Quando estava no casebre, Rogelio a via passando os dedos pelo dorso da cachorra, mas não fazia nem dizia nada.

Já Luzmila comentou no dia que veio de visita, e isso porque em nenhum momento Damaris carregou a cachorra no sutiã, ao contrário, a manteve na caixa na maior parte do tempo. Luzmila, diferentemente de Rogelio, não maltratava animais, mas os desprezava, e era o tipo de gente que via apenas o lado negativo das coisas e ficava criticando os outros.

A cachorra passava o tempo todo dormindo. Quando acordava, Damaris lhe dava de comer e a punha na grama, para que fizesse suas necessidades.

Durante a visita de Luzmila, acordou duas vezes, e nas duas vezes Damaris lhe deu de comer e a pôs na grama, que estava empapada com a chuva de uma noite e uma manhã inteiras. Teria preferido que Luzmila não a conhecesse, que nem ficasse sabendo dela, mas não ia deixar que a cachorra passasse fome nem que ficasse suja. O céu e o mar formavam uma única mancha cinzenta, e a umidade no ar era tanta, que um peixe teria conseguido permanecer vivo fora d'água. Damaris gostaria de ter secado suas patas com uma toalha e de tê-la esfregado um pouco com as mãos para aquecê-la antes de devolvê-la para a caixa, mas se conteve, porque Luzmila não parava de observá-la com maus olhos.

— Você vai matar este animal de tanto pegar nele — criticou.

O comentário doeu em Damaris, mas ela ficou calada. Não valia a pena começar uma briga. Em seguida, Luzmila perguntou com cara de nojo qual era o nome da cachorra, e Damaris teve que contar que era Chirli. Elas eram primas-irmãs e tinham sido criadas juntas desde que nasceram, então sabiam tudo uma da outra.

— Chirli, como a miss? — Luzmila riu. — Não era esse o nome que você queria dar para a sua filha?

Damaris não pôde ter filhos. Juntou-se com Rogelio aos dezoito anos e, depois de dois anos de relacionamento, as pessoas começaram a questionar: "Os bebês vêm quando?" ou "Por que que estão demorando tanto?". Eles não estavam fazendo nada para evitar a gravidez, e então Damaris passou a tomar infusões de duas ervas da mata, erva-de-santa-maria e erva-do-espírito-santo, que ouvira falar serem muito boas para a fertilidade.

Naquela época, moravam no povoado, em um cômodo alugado, e ela pegava as ervas no rochedo, sem pedir permissão aos donos das propriedades. Embora se sentisse um pouco desonesta, considerava que essas questões eram assunto seu, e de ninguém mais. Ela preparava e tomava as infusões às escondidas, quando Rogelio saía para pescar ou caçar.

Ele começou a suspeitar que Damaris estava metida com alguma coisa errada e a seguiu, como fazia com os animais que caçava, sem que ela percebesse. Quando viu as ervas, achou que eram para fazer bruxaria, apareceu na frente dela e a confrontou, furioso.

— Para que é essa merda?! O que está aprontando?!

Chuviscava. Estavam no meio da mata, num lugar muito feio, onde haviam cortado as árvores para que passassem os cabos de luz. Os troncos apodrecidos que ainda restavam em pé pareciam as lápides descuidadas de um cemitério. Ele estava usando galochas e ela, que estava descalça, tinha os pés cobertos de barro. Damaris abaixou a cabeça e, em voz baixa, contou a verdade. Ele permaneceu em silêncio por alguns instantes.

— Eu sou seu marido — disse por fim —, você não está sozinha nisso.

Desde então passaram a ir juntos colher as ervas e preparar as infusões, e à noite discutiam os nomes que dariam aos filhos. Como não conseguiram chegar a um acordo sobre nenhum, decidiram que ele escolheria o dos machos e ela, o das fêmeas. Queriam ter quatro, quem dera dois casais. Mas outros dois anos se passaram e então tiveram que explicar aos que perguntavam que o problema era que ela não ficava grávida. As pessoas começaram a evitar o assunto e a tia Gilma aconselhou Damaris que fosse ver Santos.

Embora tivesse nome masculino, Santos era mulher, filha de uma negra do Chocó com um indígena do baixo San Juan. Conhecia as ervas, sabia sová-las e curava com o oculto, ou seja, invocando palavras e rezas. Para Damaris, fez um pouco de cada coisa e, quando viu que fracassava, disse que o problema devia ser seu marido, e o mandou chamar. Mesmo parecendo contrariado, Rogelio tomou todas as poções, aceitou todas as rezas e suportou as esfregações feitas por Santos, mas, quanto mais tempo se passava sem que se desse a gravidez, mais resistente ele ficava, e um dia anunciou que não iria mais. Damaris considerou essa atitude um ataque pessoal e parou de falar com Rogelio.

Embora não tivessem deixado de morar juntos nem de dormir na mesma cama, ficaram três meses sem dirigir a palavra um ao outro. Certa noite, Rogelio chegou meio embriagado e disse que ele também queria um filho, mas sem a pressão de Santos nem de nenhuma erva filha da puta, esfregação ou reza, e que, se ela quisesse, ele estava ali para que continuassem tentando. O cômodo em que moravam era o quarto dos fundos de uma casa grande que fazia muito tempo tinha deixado de ser a melhor do povoado. Agora estava deteriorada, com cupim e ferrugem, e o cômodo era tão apertado, que mal cabiam a cama, o velho televisor de tubo e um fogareiro a gás de duas bocas. Mas tinha uma janela que dava para o mar.

Damaris ficou por alguns instantes junto à janela, sentindo no rosto a brisa com cheiro de ferro oxidado. Quando ele acabou de se despir e se deitou, ela fechou a janela, estendeu-se a seu lado e começou a acariciá-lo. Nessa noite tiveram relações sem pensar em filhos nem em nada mais e não voltaram a falar do assunto, mesmo que às vezes, ao ficar sabendo da gravidez de alguma conhecida ou do nascimento de uma criança no povoado, ela chorasse em silêncio, apertando os olhos e os punhos, assim que ele caía no sono.

Quando Damaris fez trinta anos, estavam em melhores condições e tinham se mudado para um cômodo um pouco mais amplo da mesma casa. Ela trabalhava em uma das propriedades do rochedo — a da madame Rosa —, recebendo um salário fixo, e ele pescava em grandes embarcações chamadas "vento e maré",* que passavam vários dias em alto-mar e podiam carregar toneladas de peixes. Em uma saída, Rogelio e seu colega apanharam três garoupas e um monte de guarapicus e se depararam com um cardume de pargos vermelhos no qual se esbaldaram, quase uma tonelada e meia no total, e

* Tipo de embarcação munida de motor, típica da região de Buenaventura, na costa colombiana do Pacífico. É utilizada para a pesca artesanal, realizada com rede ou espinel, com fins comerciais. (N.T.)

cada um ficou com uma boa quantia de dinheiro. Ele queria comprar um novo tremalho e um equipamento de som grande, com quatro caixas, mas fazia um tempo que Damaris estava pensando em como lhe dizer que ela não tinha deixado de desejar um filho e que queria voltar a tentar, sem se importar com os sacrifícios que tivessem que fazer.

A tia Gilma havia lhe contado sobre uma mulher bem mais velha que ela, de trinta e oito anos, que conseguira engravidar e agora tinha um bebê lindo graças à intervenção do *jaibaná*, um médico indígena que tinha fama no outro povoado. As consultas eram caras, mas com o dinheiro que haviam guardado, poderiam começar os tratamentos. Em breve veriam o resultado. Na noite em que Rogelio anunciou que iria a Buenaventura no dia seguinte para comprar o equipamento de som, Damaris desatou a chorar.

— Eu não quero um aparelho de som, quero um bebê.

Chorando, contou a história da mulher de trinta e oito anos, das vezes que tinha chorado em silêncio, de como era horrível todo mundo poder ter filhos e ela não, das punhaladas que sentia na alma cada vez que via uma mulher prenha, um recém-nascido ou um casal com uma criança, do suplício que era viver ansiando por um ser pequeno para embalá-lo em seu peito e ver que todos os meses lhe desciam as regras. Rogelio a ouviu sem dizer palavra e depois a abraçou. Estavam na cama, então usou todo o corpo para abraçá-la, e acabaram adormecendo assim.

O *jaibaná* acompanhou Damaris por um longo tempo. Deu-lhe poções, lhe preparou banhos e incensos e a convidou para cerimônias nas quais a ungiu, a esfregou, a esfumaçou, rezou e cantou. Em seguida, fez o mesmo com Rogelio, que dessa vez não reagiu mal nem desistiu. Esses foram apenas os preparativos. O verdadeiro tratamento consistia numa operação que faria em Damaris, sem abri-la por nenhuma parte, para limpar os caminhos que seu óvulo e o esperma de Rogelio deviam percorrer e para preparar o ventre que receberia o bebê. Era tudo muito caro e tiveram que economizar por um ano para poder pagar.

A operação foi realizada numa noite no consultório do *jaibaná*, uma choça com telhado de palha e estacas altíssimas, que ficava depois do outro povoado, no meio de uma mata arrasada e ressequida, onde abundavam borrachudos e ervas daninhas, capim-cortante e samambaias pontiagudas que cresciam se amontoando umas sobre as outras. Damaris e Rogelio se despediram um do outro do lado de fora da choça, pois apenas ela e o *jaibaná* podiam estar presentes.

Quando ficaram sozinhos, o *jaibaná* serviu um líquido escuro e amargo para que ela bebesse e pediu que se deitasse no chão, em um colchonete. Ela estava com uma bermuda de lycra até os joelhos e uma blusa de manga curta e mal tinha se deitado quando se viu atazanada por uma nuvem de borrachudos que não incomodaram o *jaibaná,* enquanto ela era picada no corpo todo, até nas orelhas, no couro cabeludo e por cima da roupa. Os borrachudos desapareceram de repente e Damaris escutou uma coruja, que piava ao longe. O canto da coruja foi se aproximando aos poucos e, quando se tornou tão forte a ponto de ser a única coisa que dava para ouvir, ela adormeceu.

Não sentiu mais nada e na manhã seguinte acordou com a roupa intacta, a mesma dor leve nas costas de todos os dias e nenhuma novidade no corpo. Rogelio estava esperando por ela do lado de fora e a levou de volta para casa.

Damaris nem sequer teve um atraso, e o *jaibaná* disse que já não podia fazer mais nada por eles. De certa forma isso foi um alívio, pois ter relações tinha se transformado numa obrigação. Deixaram de tê-las, a princípio, talvez, só para ganharem um descanso, e ela se sentiu liberada, mas também derrotada e inútil, uma vergonha como mulher, um traste da natureza.

Naquela época, eles já moravam no rochedo. O casebre tinha uma salinha, dois quartos apertados, um banheiro sem chuveiro e uma bancada sem pia, onde poderiam ter posto o fogão, mas preferiam cozinhar no quiosque, que era amplo e contava com uma pia grande e um fogão à lenha, o que economizava o dinheiro do botijão de gás. O casebre era pequeníssimo, Damaris não demorava mais do que duas horas para limpá-lo. No entanto, naqueles dias ela se dedicou ao trabalho com tanta obsessão que demorou uma semana. Esfregou as tábuas das paredes por fora e por dentro, as do piso por cima e por baixo, com uma escova de dentes tirou o sebo das junções entre as tábuas, com um prego escarvou os orifícios e as gretas da madeira e lavou com uma esponja a face interna das lâminas do teto. Para fazer isso, subiu em uma cadeira de plástico, na bancada da cozinha e na caixa acoplada do vaso sanitário, que, por ser de cerâmica, se rompeu com seu peso e tiveram que juntar dinheiro para repô-la.

Ao cabo de dois meses, quando Rogelio voltou a procurá-la, Damaris o rejeitou, e na noite seguinte o rejeitou outra vez, e assim foi ao longo de uma semana, até que ele parou de tentar. Damaris ficou contente. Já não tinha esperanças de ficar grávida, não esperava ansiosamente a ausência das regras nem sofria a cada vez que lhe desciam. Mas ele, amargurado ou ressentido, começou a jogar-lhe na cara que ela havia quebrado o sanitário e, cada vez que alguma coisa escorregava de suas mãos — um prato, um frasco, um copo —, o que acontecia com frequência, ele a criticava e zombava dela. "Atrapalhada", dizia, "você acha que louça dá em árvore?" "Da próxima vez vou cobrar, entendeu?" Certa noite, com a desculpa de que ele roncava e não a deixava dormir, Damaris foi para o outro quarto e não voltou mais.

Agora beirava os quarenta, a idade em que as mulheres secam, como ouvira dizer uma vez seu tio Eliécer. Não fazia muito tempo, no dia em que Damaris adotou a cachorra, Luzmila tinha feito um alisamento em seu cabelo, enquanto passava o produto nela, admirou sua pele, que se mantinha muito bem, sem manchas nem rugas.

— Já eu, olhe para mim — disse e, como que explicando, acrescentou: — Claro, você não teve filhos.

Nesse dia Luzmila estava de bom humor e só quisera lhe fazer um elogio, mas em Damaris doeu até a medula perceber que ela, e certamente o mundo inteiro, davam seu caso como perdido, e estava mesmo perdido, ela sabia disso, mas era difícil aceitar.

De modo que a esse novo comentário de sua prima, que aos trinta e sete tinha duas filhas e duas netas, lhe deu vontade de fazer um dramalhão, como nas novelas, e dizer, com lágrimas nos olhos, para que se arrependesse de sua maldade: "Sim, escolhi o nome Chirli, como a filha que nunca tive." Mas não fez nenhum dramalhão nem disse nada. Levou a cachorra de volta para a caixa e perguntou à prima se naquela semana tinha falado com seu pai, o tio Eliécer, que morava no Sul e ultimamente não se sentia bem de saúde.

Às vezes, quando descia para o povoado, Damaris passava na casa de dona Elodia para perguntar pelos cachorrinhos. Dona Elodia tinha ficado com um, que mantinha no bar, na caixa de papelão, e que continuava alimentando com a seringa. Havia conseguido distribuir os demais entre conhecidos dos dois povoados, mas os filhotes morriam dia após dia. Um, porque na nova casa tinha sido atacado pelo cachorro mais velho, os sete restantes, não se sabia por quê. Damaris tentava se convencer de que a razão era por serem muito novinhos, e as pessoas não sabiam como cuidar deles, mas as palavras de Luzmila soavam em sua cabeça repetidas vezes, "Você vai matar este animal de tanto pegar nele", e pensava que talvez ela também estivesse fazendo tudo errado e um dia desses a cachorra ia amanhecer dura como os irmãos.

No fim do primeiro mês, dos onze cachorrinhos, restaram apenas três: a de Damaris, o de dona Elodia e o de Ximena, uma senhora de uns sessenta anos que vivia da venda de artesanato no outro povoado. Damaris surpreendeu-se com o fato de o dessa senhora não ter morrido. Não a conhecia bem, mas sabia que levava uma vida desregrada. Certa vez, durante o festival das baleias, a tinha visto tão bêbada que não conseguia se manter de pé, em outra, num domingo de manhã, encontrou-a estirada nas escadarias que desciam para a praia do outro povoado, apagada pela bebedeira e com respingos de vômito na roupa.

— Já os nossos se salvaram — disse dona Elodia —, se algum acabar morrendo, é por outra coisa.

Damaris primeiro sentiu alívio e depois satisfação por a errada ter sido Luzmila, mas não lhe jogaria isso na cara. Sua prima sentia-se atacada com qualquer coisa que ela dizia e se irritava com tudo.

Para que semear discórdia, quando a cachorra, que havia pouco tinha aberto os olhos e caminhava em busca da comida, se encarregaria de lhe dar razão?

Damaris continuava levando a cachorra no sutiã, mas a cada dia estava mais pesada, e ela a deixava por mais tempo no chão. Tinha aprendido a lamber, a comer da vasilha, alimentar-se de caldos de peixe que Damaris lhe preparava e, nos últimos dias, das sobras, como os outros cachorros. Damaris também estava lhe ensinando a fazer as necessidades fora do casebre e do quiosque, onde passavam a manhã, enquanto Damaris cozinhava e dobrava a roupa limpa.

Até aquele momento, Rogelio não tinha se metido com a cachorra. Mas, agora que estava mais desperta, que seguia Damaris por todo lado, pulava e atacava seus pés e atormentava os cachorros com seus dentes afiados, ela se pôs vigilante. Se Rogelio lhe fizesse algo, se se atrevesse a levantar um dedo que fosse, o mataria. Mas a única coisa que ele fez foi dizer que já era tempo de tirá-la do casebre, para que não se acostumasse a ficar onde estavam e a estragar coisas na casa grande.

O tio Eliécer tinha sido dono do rochedo até os anos setenta, quando o dividiu em quatro lotes e os colocou à venda. Damaris tinha sido criada por ele, porque o homem que emprenhou sua mãe, um soldado que prestara o serviço militar na região, a abandonou quando estava grávida, e ela, para sustentar a filha, teve que ir trabalhar em uma casa de família em Buenaventura. Mandava dinheiro sempre que podia e vinha passar o Natal, a Semana Santa e algum fim de semana prolongado. Damaris cresceu em um casebre que o tio Eliécer e a tia Gilma tinham no terreno que hoje era da madame Rosa e que foi o primeiro a ser vendido. Depois venderam o terreno contíguo para um engenheiro da Armênia e o de trás aos Reyes.

Os Reyes eram o senhor Luis Alfredo, que era de Cáli, mas morava em Bogotá, sua esposa Elvira, ela, sim, bogotana, e seu filho, Nicolasito. Eles construíram uma casa grande, toda de chapas de alumínio — o material mais moderno que existia então —, com piscina e um quiosque amplo, com pia e fogão à lenha para os cozidos, os churrascos e as festas. Além de um casebre de madeira para os caseiros. A família de Damaris se mudou para um terreno que ainda não tinham vendido e que era vizinho ao dos Reyes. Como eles vinham todas as férias, Nicolasito e Damaris ficaram amigos. Eram da mesma idade e tinham nascido na mesma data, uma data horrível para aniversários: 1º de janeiro.

Era dezembro. A luz ainda não tinha sido instalada no povoado, Shirley Sáenz era a nova Miss Colômbia e Damaris e Luzmila passavam o tempo admirando-a nas revistas *Cromos* que madame Elvira tinha trazido de Bogotá. Nicolasito dava uma de explorador com elas e organizava caminhadas pelo rochedo nas quais Damaris fazia as vezes de guia e para as quais levavam lanternas, mesmo sendo de dia. Iam completar oito anos. Normalmente Luzmila os acompanhava, mas nesse dia se enfurecera porque não a deixaram ir na frente da expedição; jogou no chão o pedaço de pau que levava para se defender das cobras e foi embora para casa, protestando.

Damaris e Nicolasito chegaram sozinhos a seu destino, um ponto baixo e cheio de rochas onde as ondas lambiam o rochedo. A princípio ficaram observando tranquilamente umas formigas-saúvas que desciam em fila por uma árvore, carregando pedaços de folhas. Eram grandes, vermelhas e duras, com pontinhas afiadas na cabeça e no dorso. "Parece que usam armadura", disse Nicolasito. Então ele se aproximou dos rochedos dizendo que queria que o respingo das ondas o molhasse. Damaris tentou impedi-lo, explicou que era perigoso, disse que naquele lugar os rochedos eram escorregadios e o mar, traiçoeiro. Mas ele não lhe deu ouvidos, se deteve na pedra e a onda que arrebentou nesse momento, violenta, o levou.

A imagem ficou gravada na memória de Damaris assim: um menino branco e alto diante do mar, em seguida uma golfada branca da onda e depois nada, as rochas vazias sobre um mar verde que, de longe, parecia tranquilo. E ela ali, junto às saúvas, sem poder fazer nada.

Damaris teve que voltar sozinha por uma selva que lhe pareceu mais fechada e escura do que nunca. Acima, as copas das árvores se juntavam e, embaixo, as raízes se cruzavam. Seus pés se enterravam no tapete de folhas mortas do solo e desapareciam no barro, e ela começou a sentir que a respiração que escutava não era a sua, e sim a da selva, e que era ela — e não Nicolasito — que estava se afogando em um mar verde repleto de formigas e plantas. Quis fugir, se perder, não dizer nada a ninguém, e que a selva a engolisse. Começou a correr, tropeçou, caiu, se levantou e voltou a correr.

Quando chegou à propriedade dos Reyes, percebeu que a tia Gilma estava no casebre conversando com os caseiros. Tia Gilma escutou o que Damaris lhe contou, mas não disse nem uma única palavra de repreensão e tomou conta de tudo. Pediu aos caseiros que saíssem de canoa para procurar Nicolasito, enquanto ela ia avisar à madame Elvira o que tinha acontecido. Como seu Luis Alfredo estava pescando em alto-mar, a madame estava sozinha na casa. Tia Gilma entrou e Damaris ficou esperando na varanda. Não havia vento. As folhas das árvores tinham ficado quietas e a única coisa que se ouvia era o mar. Para Damaris, era como se o tempo não passasse e ela fosse ficar ali até virar adulta e depois velha.

Finalmente saíram. Madame Elvira estava transtornada. Gritava, chorava, agachava-se para ficar na sua altura, levantava-se, dava voltas pela varanda, gesticulava, fazia uma pergunta, depois outra e em seguida voltava a perguntar a mesma coisa de outra maneira. Damaris esqueceu o que ela havia perguntado, mas não sua expressão, nem sua angústia, nem seus olhos, que eram azuis, com os vasinhos internos estourados e o sangue manchando a parte branca.

Naquele dia procuraram Nicolasito até anoitecer e continuaram procurando sem descanso todos os dias. Tio Eliécer ajudava nas buscas e, pelas tardes, quando chegava com as más notícias, sentava-se em um tronco que havia na entrada do casebre. Damaris sabia que aquele era o sinal para que ela se aproximasse. Ela o fazia sem demora, pois não queria que ele se zangasse ainda mais. Então o tio pegava um galho de goiabeira duro e elástico e a açoitava. Tia Gilma tinha lhe dito que não se retesasse, que quanto mais relaxadas estivessem as coxas, que era onde o tio batia, menos doeria. Ela tentava fazer isso, mas o susto e o estalido da primeira chicotada faziam com que tensionasse todos os músculos, e cada nova chicotada a machucava mais do que a anterior. Suas coxas pareciam as costas de Cristo. No primeiro dia, tinha lhe dado uma, no segundo, duas, e assim ia aumentando por cada dia que Nicolasito não aparecia.

Tio Eliécer parou no dia em que deveria ter lhe dado trinta e quatro chicotadas. Tinham se passado trinta e quatro dias, o maior tempo que o mar havia demorado em devolver um corpo. Estava esfolado pela ação do salitre e do sol, comido pelos peixes até o osso em algumas partes e, segundo as pessoas que dele se aproximaram, cheirava muito mal.

Tia Gilma, Luzmila e Damaris foram vê-lo de cima do rochedo. Um corpo que agora parecia menor, o corpinho de uma criança, estirado na areia, e madame Elvira, tão loura, tão magra, tão linda, erguendo-o um pouco do chão para abraçá-lo e enchê-lo de beijos, como se ainda fosse belo. Tia Gilma passou o braço pelas costas de Damaris e não se segurou mais, desatando a chorar pela primeira vez desde a tragédia.

Os Reyes não voltaram para a casa do rochedo nem a puseram à venda. Tio Eliécer vendeu o último de seus terrenos a umas irmãs de Tuluá e construiu uma casa de dois andares no povoado, onde foi morar com a família e a mãe de Damaris, que não precisou mais trabalhar em Buenaventura. Foi uma época de abundância. Com os lucros das primeiras vendas, o tio comprara um terreno no Sul, onde foram morar os filhos que ele teve com a primeira mulher, e duas lanchas, que ele alugava para pesca. De repente havia se tornado um homem abastado e dava festas que ocupavam a rua e duravam o fim de semana inteiro. E assim o dinheiro começou a ir embora.

Ele chegou a ter tantas dívidas que, para pagá-las, teve que vender uma das lanchas. Então veio a maré de azar. No ano seguinte, a segunda lancha afundou numa ressaca e, poucos meses depois, nas celebrações de dezembro, uma bala perdida atingiu o peito da mãe de Damaris. No posto de saúde do povoado não puderam fazer nada por ela e a levaram correndo a Buenaventura em um bote, mas ela já chegou morta ao hospital. Damaris, que estava para fazer quinze anos, cancelou a festa. Era algo que tinha planejado com a mãe, e agora só queria que a deixassem chorar em paz no quarto que dividia com Luzmila. A prima sentava-se a seu lado na cama, fazia trancinhas em seu cabelo e contava as fofocas do povoado até fazê-la rir.

As pessoas diziam que tantas desgraças seguidas não eram algo normal e deviam ser obra de algum invejoso que fizera alguma bruxaria contra eles. Preocupados, os tios telefonaram para Santos, que fez uma limpeza na casa e em todos os membros da família, mas a situação não melhorou.

Uma maré forte derrubou a casa e, como não havia dinheiro para reconstruí-la, a família se dividiu. Nessa mesma época Rogelio tinha ido parar no povoado em um barco de pesca avariado. Enquanto as peças de reposição chegavam de Buenaventura e o conserto era feito, ele ficou bebendo cerveja e olhando as moças do lugar. Conheceu Damaris num domingo, na praia, e, quando o barco ficou pronto, pediu demissão do trabalho, alugou um cômodo na vila e Damaris se juntou com ele. Tio Eliécer e tia Gilma se separaram. Ele foi morar no Sul com os filhos mais velhos e ela arrumou um trabalho de camareira no Hotel Pacífico Real, mudando-se com Luzmila para outro povoado.

Com o tempo, os Reyes deixaram de reajustar o salário dos caseiros e de enviar os produtos necessários para a manutenção da propriedade: detergente, adubo, cera, pesticida, tinta para pintura, cloro, óleo e gasolina para a roçadeira e para os equipamentos de tratamento da piscina... Então soube-se que a empresa que tinham em Bogotá — uma fábrica de malas — falira. Os caseiros pediram demissão quando conseguiram um trabalho em uma fazenda do interior, e Josué aceitou cuidar da casa dos

Reyes. Havia acabado de chegar ao povoado e não tinha mulher, filhos nem nada a perder. Pagavam--lhe menos da metade de um salário mínimo, mas ele completava a renda pescando e caçando por conta própria. Certo dia os Reyes deixaram de pagá-lo, e ele ficou na propriedade, pois não tinha para onde ir. Um tempo depois, morreu com um tiro de escopeta no que pareceu ser um acidente de caça.

Tio Eliécer estava no Sul, tia Gilma tinha sofrido um derrame e era difícil entender o que dizia quando falava. Luzmila, que já tinha marido, acabara de parir a segunda filha em Buenaventura. Além de Damaris, não restava ninguém no povoado que tivesse sido próximo dos Reyes e pudesse lhes dar a notícia da morte do caseiro.

Naquela época, os celulares ainda não tinham chegado na região. O escritório da Telecom ficava entre os dois povoados e era uma das poucas construções de alvenaria. Tinha apenas uma janela e, no calor, ficava ainda mais quente do lado de dentro, e, quando o dia estava frio, sentia-se mais frio do lado de dentro. Damaris nunca tinha estado em Bogotá, sequer em Cáli. A única cidade que conhecia era Buenaventura, que ficava a uma hora de lancha e não tinha grandes construções. Também não conhecia o frio das montanhas, mas, pelo que via na televisão e as pessoas diziam, imaginava que Bogotá devia ser como o escritório da Telecom depois de uma semana de chuva: um lugar escuro, com eco e cheirando a umidade, como as cavernas.

No dia em que telefonou aos Reyes, fazia sol, mas havia muitas nuvens e o mormaço no povoado era tamanho que a sensação era a de se estar em uma panela de cozido. As mãos de Damaris transpiravam, e o papelzinho no qual tinha anotado o número de telefone, tirado de um caderno do finado Josué, quase se desfez. Entrou na cabine, discou os números, a ligação demorou um segundo muito longo para completar e, enquanto ouvia os sinais de chamada, Damaris achou que do outro lado daqueles ruídos estava uma parte muito feia de seu passado e uma cidade monstruosa, que ela não conseguia imaginar. Estava prestes a desligar quando um homem atendeu.

— Senhor Luis Alfredo?

— Sim.

Damaris teve vontade de fugir.

— Aqui é a Damaris.

Seu Luis Alfredo escutou o nome e se fez um silêncio terrível, que ela recebeu resignada, como havia recebido resignada as chicotadas do tio em todas aquelas tardes, por trinta e três dias. Para os Reyes ela era uma ave negra, um sinal de mau agouro. Então, do jeito que deu, contou nervosamente o que tinha acontecido: dois dias antes tinha-se ouvido um tiro de escopeta no rochedo. Seu marido e outros homens do povoado subiram para procurar Josué, mas não o encontraram no casebre, nem nas trilhas. No dia seguinte, já havia abutres no rochedo, indicando o lugar onde o corpo estava.

— Se suicidou — disse, impressionado, seu Luis Alfredo.

— Não, senhor, acho que não. Falei com ele na semana passada e não parecia estar mal nem triste nem nada.

— Sei.

— Tinha até planos de ir a Buenaventura para comprar umas botas, estava precisando.

— Sei.

— Meu marido diz que ele caiu e a escopeta disparou. O corpo estava na mata em uma posição muito esquisita.

— Seu marido?

— Sim, senhor.

— Você já está com trinta e três anos, não é?

Fez-se outro silêncio terrível e em seguida Damaris respondeu, como que se desculpando:

— Sim, senhor.

Seu Luis Alfredo suspirou. Depois lamentou a desgraça do caseiro, agradeceu a Damaris pelo telefonema e perguntou se ela podia tomar conta da propriedade.

— Você sabe como ela é importante para nós.

— Sim, senhor.

— Vou mandar seu salário e os insumos.

Damaris sabia que não era verdade, mas agiu como se acreditasse nisso e disse sim a tudo. Não era só o sentimento de dívida para com os Reyes, ela também estava comovida com a ideia de voltar a morar no rochedo, que ela sempre havia considerado seu lar.

Não foi difícil convencer Rogelio. No rochedo não teriam que pagar aluguel, e a moradia dos caseiros, embora não fosse grande coisa, era mais ampla do que o cômodo do povoado, e eles poderiam arrumá-la. Para se manterem, continuariam trabalhando como até então, ele caçando na mata e pescando nas embarcações vento e maré e ela na casa da madame Rosa, que agora precisava dela mais do que nunca, pois seu marido, o senhor Gene, tinha ficado prostrado numa cadeira de rodas.

A única coisa de que não gostavam era que na propriedade dos Reyes não havia luz. Mas na de madame Rosa, que ficava em frente, havia, e ela lhes deu permissão para que puxassem uma extensão do transformador de eletricidade que abastecia sua casa. Assim, Damaris e Rogelio puderam ter iluminação. Subiram com as coisas, o velho televisor de tubo, o fogão a gás que nunca usaram, a cama e os lençóis que tia Gilma lhes dera de presente, e se acomodaram no casebre melhor do que já tinham estado no cômodo do povoado.

O trabalho na propriedade dos Reyes não era difícil. Para lavar e limpar, usavam os produtos que já compravam para o casebre, mantinham a piscina vazia e a lavavam quando chovia, adubavam os jardins com resíduos orgânicos que pegavam na mata e Rogelio abastecia a roçadeira com a gasolina que sobrava de suas saídas para pescar. A casa grande precisava de uma mão de tinta e a substituição de algumas chapas rachadas, as veredas precisavam de um reforço, pois o pavimento tinha apodrecido em alguns trechos, mas eles sempre deixavam tudo limpo e bem cuidado. Quando viessem, os Reyes não teriam do que reclamar.

Os caseiros que tinham trabalhado antes para os Reyes haviam feito isso convencidos de que em algum momento os patrões voltariam ao lugar onde o filho morrera. Então todos tinham se esforçado para manter a casa e sobretudo o quarto do finado Nicolasito como tinham sido deixados, conservando-os da melhor maneira que o clima, a floresta, o salitre e a passagem dos anos permitiram.

A casa grande tinha sido construída para resistir às condições mais severas. As chapas de alumínio eram inoxidáveis, o piso era de trapicheiro, uma madeira finíssima que não deixava entrar nem cupim nem caruncho, e, para a fundação e a base elevada, havia sido usada uma mistura de concreto especial, mais forte. Não era uma casa bonita, mas era prática, com espaços amplos e móveis de materiais sintéticos. O quarto do finado Nicolasito era o único decorado. Madame Elvira tinha encomendado a cama e o armário ao melhor carpinteiro da vila, que ela mesma pintara com cores vivas. Ela havia trazido as cortinas e o jogo de cama de Bogotá e eram do mesmo conjunto, com uma estampa de *O Livro da Selva*. Estavam um pouco desbotados e tinham uns tantos buracos, mas eram pequeníssimos e de longe não se notavam. No armário, entre bolinhas de naftalina, estavam algumas roupas de Nicolasito, algumas camisetas e calças, dois calções de banho, um par de tênis e chinelos. A porta era mantida aberta com uma concha que ele mesmo tinha trazido de Negritos, de um dia que fora pescar com o pai, e seus brinquedos estavam em um baú de madeira que madame Elvira também pintara. Restavam os que eram de plástico ou de madeira, pois os que tinham partes metálicas enferrujaram havia anos.

Por fim Damaris se conformou que Rogelio tinha razão. A cachorra não podia se acostumar a ficar com ela dentro do casebre ou na casa grande, onde ela passava grande parte do tempo limpando e encerando. Poderia destruir alguma coisa: a concha do finado Nicolasito, um de seus brinquedos, seus tênis ou, que Deus não permitisse, os móveis pintados por madame Elvira.

Com pesar e culpa, ela tirou a cachorra do casebre e não deixou mais que subisse atrás dela em nenhuma das duas casas, que se elevavam do solo sobre estacas — de concreto especial as da casa grande, e de madeira ordinária as do casebre. Mas também não a obrigou a viver debaixo delas como os outros cachorros. Reservou para a cachorra um lugar no quiosque, onde estaria protegida da chuva e cuja entrada estava proibida aos outros cães.

Era aniversário de tia Gilma, e Damaris saiu cedo para visitá-la, antes que as primeiras lanchas de Buenaventura chegassem. Neste dia começava a alta temporada do meio do ano e ela queria evitar as hordas de turistas que desembarcariam no cais rumo ao outro povoado, onde ficavam os melhores hotéis.

Na noite anterior, mal tinha caído uma garoa. O céu havia amanhecido limpo e o mar, azul e muito quieto. Via-se que seria um daqueles raros dias sem nuvens, de céu de um azul vivo e calor escaldante. Quando passou pela casa de dona Elodia, esta saiu e a chamou com a mão. No bar estavam suas filhas, organizando as mesas e pondo as toalhas. Dona Elodia usava um avental de cozinha e segurava uma faca de limpar peixe.

— O cachorro da Ximena morreu — anunciou.

Damaris ficou desconcertada.

— Morreu como? — perguntou.

— Diz ela que foi envenenado.

— Igual à mãe.

Dona Elodia assentiu.

— Agora só restam a sua e o meu — disse.

Os cães já tinham completado seis meses. O de dona Elodia estava estirado na praia, fora do bar, no lugar onde antes a mãe passava seus dias. Era de porte médio como a cachorra de Damaris, mas essa era a única semelhança. Ele tinha as orelhas pontudas e o pelo preto e bagunçado. Já as orelhas da cadela de Damaris eram caídas e o pelo continuava acinzentado, bem curto. Ninguém imaginaria que eram da mesma ninhada. Damaris teve o impulso de voltar à sua casa para abraçar a cachorra e se certificar de que continuava bem, mas era aniversário de tia Gilma, e se obrigou a seguir para o outro povoado.

Desde que tinha sofrido o derrame, era difícil para tia Gilma se mover, ela passava todo o tempo em uma cadeira de balanço que empurravam da sala para o corredor de entrada e do corredor de entrada para a sala. Dormia em um quarto com as duas filhas e as netas de Luzmila. O marido da filha mais velha trabalhava em Buenaventura e só voltava em alguns fins de semana. Luzmila e o marido dormiam no outro quarto. Ele trabalhava na construção civil e ela vendia produtos de catálogo: roupas, perfumes, maquiagem, alisadores de cabelo, jogos de panela...Não iam mal. A casa era pequena, mas de alvenaria e tinha móveis: uma mesa de jantar ovalada, de madeira, e uma sala com dois sofás forrados com tecido florido.

Almoçaram arroz com camarão, cantaram o parabéns e comeram um bolo com cobertura azul que tinham encomendado em Buenaventura. As meninas entregaram um presente à bisavó, que deixou as lágrimas rolarem. Damaris lhe passou o braço pelas costas e ficou acarinhando-a por um tempo. Em seguida, as meninas quiseram brincar com a tia Damaris e a encarapitaram pelas pernas e pelos braços. A porta e todas as janelas estavam abertas, mas o sol estava bem alto no céu e não havia um sopro de brisa. Luzmila e as filhas se abanavam com revistas, tia Gilma se balançava lentamente em sua cadeira e as meninas continuavam a brincar em cima de Damaris, que começou a se sentir sufocada.

— Agora não — dizia —, parem, por favor.

Mas as meninas não obedeceram, até que Luzmila deu um grito e as mandou para o quarto.

À tarde, quando estava voltando a seu povoado, Damaris passou pelas barracas de artesanato. Ainda chegavam turistas vindos do cais, a pé ou de mototáxi, com a bagagem nos ombros, cansados e suando, mas a maioria já tinha se instalado em seus hotéis e muitos passeavam por ali, olhando os jarros de *güérregue* e os chapéus e as mochilas de *jícara* que os indígenas estendiam no chão em lençóis desbotados. Era difícil avançar entre as pessoas.

Em certo momento, Damaris ficou atravancada na frente da barraca de Ximena, que era muito mais bem-acabada do que a dos indígenas. Ficava elevada em relação ao chão, tinha toldo de plástico e a prancha, onde punha a mercadoria, estava forrada com um tecido de veludo azul. Vendia pulseiras, colares, anéis, brincos, braceletes feitos de tecido, papel de arroz e cachimbos para fumar maconha. Os olhares de Damaris e de Ximena se cruzaram, Ximena se levantou e a abordou.

— Mataram meu cachorrinho — disse ela.

As duas nunca tinham se falado antes.

— Dona Elodia me contou.

— Foram os vizinhos, uns filhos da puta.

Damaris sentiu-se desconfortável ao ouvi-la falar mal daquelas pessoas, mesmo sem saber quem eram, mas ao mesmo tempo tinha pena de Ximena. Cheirava a maconha, sua voz era rouca por causa do cigarro, a pele, manchada e com rugas, e via-se pela raiz do cabelo, comprido e tingido de preto, que na verdade era todo branco. Contou-lhe que, algumas semanas antes, uma galinha dos vizinhos tinha atravessado a cerca e o cachorro a matara dentro de sua propriedade e que agora, misteriosamente, ele aparecera morto. Ximena não tinha nenhuma outra prova para acusar os vizinhos e nem sequer podia assegurar que o cachorro tinha sido envenenado. Damaris pensou que era possível que tivesse morrido por outro motivo, uma cobra ou alguma doença, por exemplo, e que, se Ximena tinha tanta raiva dos vizinhos, era apenas para não se afundar na tristeza.

— Eu queria uma fêmea — confessou —, mas dona Elodia me disse que você tinha ficado com a única da ninhada, então fiquei com ele. Era pequenino. Você se lembra como eram? Meu Simoncito cabia nas minhas mãos.

Quando chegou em casa, Damaris se alegrou ao ver a cachorra, tanto quanto a cachorra se alegrou ao vê-la, e ficou acarinhando-a por um bom tempo, até que olhou para as próprias mãos e notou que estavam sebosas. Decidiu dar um banho nela. O sol ainda estava forte e ela precisava se livrar do calor e do suor da caminhada. Banhou a cachorrinha ao lado do tanque, com a escova e o sabão azul de lavar roupa, para azar da cachorra, que odiava água e baixou a cabeça e escondeu o rabo.

Depois, enquanto a cachorra se secava com os últimos raios de sol, Damaris lavou a roupa íntima que tinha deixado de molho e tomou banho. Como no casebre não havia chuveiro, sempre tomavam banho no tanque, sem tirar a roupa e jogando água no corpo com uma cuia. O entardecer foi espetacular. Parecia que havia um incêndio no céu e o mar ficou violeta. Já estava escurecendo quando ela pendurou a roupa íntima em um pequeno varal de chão que havia no quiosque e deixou a cachorra, que continuava ofendida pelo banho, em sua cama, um colchonete dobrado em dois que ela forrara com umas toalhas velhas.

Era noite e continuava sem chover, mas tiveram que fechar a porta do casebre e todas as janelas, porque havia um alvoroço de *clavitos*, uns pernilongos pequenos que picavam feito agulhas. Rogelio pegou uma panela velha e retorcida que eles guardavam na parte de baixo da casa, encheu-a de estopa de coco e pôs fogo. A estopa começou a queimar e os *clavitos* se afastaram por um momento, mas, assim que a fumaça se dispersou, voltaram em grande quantidade, e ambos tiveram que pegar um pedaço de pano para espantá-los. Não conseguiram assistir à novela em paz. Fazia tanto calor que nele cresceram duas manchas úmidas nas axilas e nela escorria um fio de suor pelas costeletas.

— Será que não vai chover? — queixou-se Damaris enquanto batia o pano.

Rogelio não respondeu e foi para a cama. Ela ficou vendo televisão porque sabia que, com aquele calor e com os *clavitos* atormentando-a, não conseguiria dormir.

Já depois da meia-noite, na hora das televendas, de repente explodiu um raio bem próximo que por um instante iluminou tudo. Damaris deu um pulo de susto, faltou luz e um aguaceiro tremendo desabou, com raios, trovões e tanta água, que era como se fosse jogada aos baldes no telhado do casebre. Mas o clima refrescou, os *clavitos* desapareceram e Damaris, sabendo que a cachorra estava protegida no quiosque, foi dormir.

Na manhã seguinte, continuava a chover forte e ela, como tinha demorado a ir dormir, se levantou tarde. O piso estava frio e úmido, e a panela na qual tinham queimado a estopa de coco na noite anterior servia agora para receber a água de uma goteira no meio da sala. A eletricidade não tinha voltado e Rogelio estava em uma das cadeiras plásticas, diante da televisão desligada, tomando um café que devia ter preparado no quiosque.

— Essa sua cachorra aprontou ontem à noite — reclamou.

Damaris se horrorizou não pelo que a cachorra podia ter feito, mas sim pelo castigo que Rogelio podia ter lhe dado, aproveitando que ela não estava.

— O que você fez com ela?

— Eu, nada, mas ela acabou com uns sutiãs.

Damaris saiu do casebre a todo vapor. Não dava para ver o mar, as ilhas, o povoado nem qualquer outra coisa além da chuva, branca ao longe como uma cortina de gaze e correndo feito riacho pelos telhados, pelas veredas e escadas da propriedade. Damaris chegou ao quiosque ensopada. Suas calcinhas e as cuecas de Rogelio, que ela tinha pendurado no pequeno varal na noite anterior, estavam no lugar. Apenas seus sutiãs, que eram três, estavam jogados no chão e despedaçados. A cachorra abanava o rabo com timidez e culpa, mas parecia bem. Damaris a inspecionou da cabeça ao rabo e foi tamanho o alívio que sentiu por encontrá-la bem, que, em vez de repreendê-la, a abraçou e falou que estava tudo bem, que tinha entendido a mensagem e nunca mais daria banho nela.

Damaris continuou mimando a cachorra até o dia em que ela se perdeu na mata. Aconteceu numa noite em que estava sozinha, Rogelio estava pescando em uma vento e maré. Danger, Olivo e Mosco acabavam de comer do lado de fora do quiosque e Damaris alisava a cabeça da cachorra como se estivesse dizendo tchau, pois estava prestes a ir para o casebre. De repente, Danger começou a latir em direção à mata. Os outros dois cachorros ficaram alertas e a cachorra saiu do quiosque e se adiantou alguns metros, até ficar ao lado de Danger. Na direção em que latiam não havia casas nem gente, razão pela qual Damaris supôs que se tratasse de algum animal, um gambá, um porco-espinho, um porco--do-mato perdido ou doente. Como não havia lua, estava muito escuro, e a única luz era a da lâmpada do quiosque. Ela não conseguia ver nem ouvir nada àquela distância, mas os cachorros estavam cada vez mais nervosos, com os pelos eriçados e latindo forte.

Damaris ficou chamando a cachorra para acalmá-la e para que ela voltasse a ficar a seu lado. "Chirli!", gritava sem vergonha nenhuma de pronunciar em voz alta o nome do qual sua prima tinha zombado, "Chiiiiirliiii!". Mas então Danger desatou a correr e todos o seguiram, inclusive a cachorra, que entrou com eles na mata.

Damaris os escutava latir e se mover pela mata. Como estava descalça e poderia ser uma cobra, certamente uma jararaca, que saem de noite e são bravíssimas e muito venenosas, a única coisa que podia fazer era continuar chamando da área. Gritou com voz furiosa, neutra, doce, suplicante, sem nenhum resultado, até que tudo se acalmou e não se ouviam mais latidos nem nada. Diante dela só ficou a selva, calma como uma fera que tivesse acabado de engolir sua presa.

Damaris foi ao casebre, calçou as galochas, pegou o facão e a lanterna e se enfiou na mata por onde tinham entrado os cachorros. Em nenhum momento sentiu medo de todas as coisas que lhe davam medo naquela selva: a escuridão, as serpentes, as feras, os mortos, o finado Nicolasito, o finado Josué e o finado senhor Gene, os fantasmas daqueles de quem ouvira falar quando era menina... Também não se espantou com sua valentia. Tinha um só pensamento: a cachorra estava em perigo e ela precisava salvá-la.

Ficou caminhando pela mata sem se afastar demais para não se perder em meio às trevas, apontando a lanterna para todos os lados, fazendo ruídos e chamando a cachorra e Danger, Olivo e Mosco. Como nenhum deles voltava e nada acontecia, decidiu se embrenhar mais. Foi ao riacho que separava a propriedade dos Reyes da das vizinhas, à cerca junto ao caminho principal, ao penhasco e às palmeiras bacaba, onde terminava o único caminho que havia para aquele lado.

Não enxergava nada além do que iluminava com a lanterna, pedaços de coisas, uma folha imensa, o tronco de uma árvore atapetada por musgos, a asa de uma mariposa imensa com muitos olhos que, surpreendida pela luz, voejou assustada em volta de sua cabeça... As galochas se enredavam nas raízes e se afundavam no barro, ela tropeçava, escorregava e, para manter-se em pé, punha as mãos em superfícies duras, molhadas ou fibrosas.

Roçavam-na coisas ásperas, peludas ou com espinhos, e ela dava pulos, achando que era uma aranha, uma cobra das que viviam nas árvores ou um morcego chupador de sangue, contudo nada a mordeu, apenas os pernilongos a picavam, mas Damaris não dava importância e continuava sua busca na escuridão. O calor era pegajoso, ela o sentia grudado na pele como lama e tinha a impressão de que o bulício das rãs e dos grilos, insuportável feito a música na discoteca do outro povoado, não vinha da mata, e sim de dentro de sua cabeça. A luz da lanterna foi ficando fraca e não lhe restou outro remédio além de voltar ao casebre, derrotada e chorando, antes que se apagasse por completo.

Dormiu em seguida, mas com um sono que não a fez descansar de forma alguma. Sonhava com ruídos e sombras, que estava acordada em sua cama, incapaz de se mexer, que algo a atacava, que a selva tinha invadido o casebre e a envolvia, que a cobria de lama e lhe enchia os ouvidos com o barulho insuportável dos bichos, até que ela mesma se transformava em selva, em tronco, em musgo, em barro, tudo ao mesmo tempo, e então se encontrava com a cachorra, que lambia seu rosto para dizer oi. Quando acordou, ainda estava sozinha. Do lado de fora caía um temporal violento, com ventos daqueles que fustigavam as telhas e trovões que faziam a terra tremer: a água se infiltrava pelas frestas e flutuava dentro do casebre.

Pensou em Rogelio, que estava em um bote miserável em meio à fúria da tempestade, sem nada além de um colete salva-vidas, uma capa de chuva e alguns pedaços de plástico para se proteger, mas se preocupou mais com a cachorra, lá fora, na mata, ensopada, paralisada de frio, morta de medo e sem ela para socorrê-la, e voltou a chorar.

No meio da manhã do dia seguinte veio a estiagem e Damaris continuou a procurar os cachorros. O dia estava escuro e fresco e tinha chovido tanto que tudo estava inundado. Ela retornou, caminhando por entre a água, aos lugares em que estivera na noite anterior, mas o aguaceiro tinha apagado as pegadas. Também não havia pegadas no caminho principal, encharcado como todo o resto, e ela o percorreu por inteiro. Visitou os vizinhos para alertá-los e para que estivessem atentos aos cachorros: os caseiros da casa do engenheiro, que eram gente do povoado e não deram importância ao assunto, e as irmãs de Tuluá, que, como adoravam sua labradora, compartilhavam da angústia de Damaris e a convidaram para almoçar.

À tarde foi à propriedade de madame Rosa, que estava desocupada desde que seu Gene morrera. Antes da morte do marido, madame Rosa se esquecia dos nomes das pessoas, perdia objetos e fazia coisas que causava riso nos outros, como repintar os olhos e a boca ou guardar o celular no congelador. Com a morte de seu Gene, o estado de madame Rosa se agravou. Não sabia que ano era, pensava que ainda era solteira em Cáli e punha-se a dançar ao som do hino nacional ou achava que tinha acabado de chegar ao rochedo com o marido e estavam esperando os materiais para construir a casa. Passou a se perder dentro da propriedade, ficava com a boca aberta, olhando feito boba por muito tempo, falava com as paredes e até se esqueceu de beber, logo ela, que gostava tanto de aguardente e bebia quase todos os dias.

Como não tinham filhos, uma sobrinha veio buscá-la e resolveu tudo. Internou a tia num asilo em Cáli e pôs a propriedade à venda. Enquanto aguardava a venda, a sobrinha continuava pagando

Damaris e Rogelio, como a tia fazia, para que cuidassem do lugar. Ele se encarregava dos jardins e dos reparos e ela, da limpeza da casa.

A cachorra tinha acompanhado Damaris a essa propriedade todas as semanas desde que chegara ao rochedo, e ela pensou que de repente poderia estar onde mais gostava de ficar deitada, na vereda de concreto do pátio dos fundos, que se mantinha fresca e seca, independentemente do clima.

A cachorra não estava ali nem em qualquer outro lugar daquela propriedade, que era a maior do rochedo. Damaris a inspecionou inteira: a casa, os jardins, as escadarias da entrada, a longa linha do rochedo, o caminho até o riacho e o riacho, que, como havia chovido tanto, descia com fúria e se derramava por cima do muro da represa que o finado senhor Gene tinha construído.

O sol também não saiu no segundo dia e choveu forte até meio-dia. Damaris saiu depois do almoço, sob uma garoa tão fraca que, apesar de não se ver nem se sentir no corpo, molhava de todo jeito. Percorreu os caminhos secundários, usados apenas pelos caçadores e serradores. Nenhum sinal dos cachorros. A chuva parou no meio da tarde, mas o céu não clareou e o dia seguiu frio e cinzento.

Na volta, deparou com uma invasão de formigas, milhares e milhares delas avançando pela selva como um exército. Eram daquelas pretas de tamanho médio, que saíam de seus ninhos sob a terra e arrasavam com todos os bichos vivos ou mortos que encontrassem pela frente. Teve que correr para ultrapassá-las, mas algumas subiram nela e, enquanto as sacudia, levou picadas nas mãos e nas pernas. Embora ardesse feito fogo, a dor passava rápido e não deixava urticárias.

A invasão chegou ao casebre quinze minutos depois dela, e Damaris subiu em uma cadeira de plástico e encolheu as pernas enquanto as formigas faziam seu trabalho de limpeza. Duas horas depois já não havia rastro das formigas nem das baratas que foram tiradas de seus esconderijos e levadas por elas.

Nessa noite, a temperatura baixou tanto, que Damaris teve que se cobrir com uma toalha, o material mais grosso que tinham no casebre. Não choveu, no entanto. No terceiro dia, o sol conseguiu romper as nuvens; o céu e o mar encheram-se de cores e começou a esquentar. Quando Damaris estava para sair, Rogelio chegou e, poucos minutos depois, pelo lado que dava para a mata, os cachorros fizeram sua entrada. Estavam sujos, esgotados e um pouco mais magros. Damaris até se emocionou, mas logo se deu conta de que estavam ali apenas Danger, Olivo e Mosco, e caiu no choro.

Mesmo tendo chegado com fome e cansado depois de cinco dias em alto-mar, Rogelio foi com ela à mata. Encontraram os rastros dos três cachorros no caminho principal e os seguiram até La Despensa, onde o rochedo terminava e havia outro braço de mar que com certeza os cachorros haviam cruzado a nado. Não viram nenhuma pegada da cachorra.

Rogelio continuou acompanhando Damaris todos os dias. Ultrapassaram La Despensa e a estação de cultivo de peixes e adentraram os terrenos da Marinha, onde o acesso era proibido. Lá, a selva se tornava mais escura e misteriosa, com árvores de troncos tão largos quanto três Damaris juntas e um solo de folhas tão profundo que às vezes se enterravam até a metade das botas.

Saíam depois do almoço, retornavam ao cair da tarde ou à noite, mortos de cansaço, com dores no corpo causadas pelo exercício, arranhados pelo capim-cortante, picados pelos bichos e suados ou ensopados, quando chovia.

Um dia, Damaris entendeu, sozinha, sem que ele a tivesse pressionado ou tivesse feito comentários desanimadores, que nunca encontrariam a cachorra. Estavam diante de um buraco enorme na terra por onde entrava o mar. A maré estava alta, as ondas se espatifavam, furiosas, contra as rochas e o jato de água que subia com força os salpicava. Rogelio dizia que, para atravessá-lo, teriam que esperar que a maré estivesse o mais baixa possível, descer ao buraco e subir pela parede rochosa do outro lado, tomando cuidado para não escorregar, pois as rochas estavam cobertas de lama. Damaris não o escutava. Tinha voltado ao mesmo lugar e à mesma hora da morte de Nicolasito e fechou os olhos, consternada. Agora, Rogelio dizia que também poderiam abrir caminho com os facões para rodear o buraco, mas o problema era que, por aquele lado, havia um monte de palmas espinhosas. Damaris abriu os olhos e o interrompeu.

— A cachorra morreu — disse.

Rogelio a olhou sem compreender.

— Esta selva é horrível — explicou ela.

Havia muitos rochedos como aquele, com rochas cobertas de lama e ondas como a que tinha levado o finado Nicolasito, árvores imensas que as tormentas derrubavam pela raiz e que os raios partiam pela metade, desmoronamentos de terra, cobras venenosas e cobras que engoliam veados, morcegos que dessangravam animais, plantas com espinhos que podiam atravessar um pé e riachos que aumentavam durante os aguaceiros, arrasando tudo o que encontravam pela frente... Como se fosse pouco, já tinham se passado vinte e três dias desde que a cachorra fora embora, tempo demais.

— Vamos voltar para casa — disse Damaris, pela primeira vez sem chorar.

Rogelio aproximou-se dela, olhou comovido e pôs a mão em seu ombro. Naquela noite tiveram relações assim que chegaram e foi como se não tivessem se passado dez anos desde a última vez. Damaris permitiu-se pensar que, de repente, desta vez ficaria grávida, mas na manhã seguinte riu de si mesma, afinal já tinha feito quarenta, a idade em que as mulheres secam.

Seu tio tinha dito isso em uma das festas que ele organizava quando moravam na casa de dois andares do povoado. Estava bêbado e sem camisa, sentado do lado de fora da casa com um grupo de pescadores, quando diante deles passou uma mulher do lugarejo. Era alta, caminhava com orgulho rebolando as nádegas, e o cabelo, que era alisado, lhe chegava à metade das costas. Damaris sempre tinha admirado a mulher. Todos os pescadores a seguiam com os olhos e o tio tomou um trago.

— Como é gostosa — disse —, e isso que já deve ter quarenta, a idade em que as mulheres secam.

"Eu sempre fui seca", pensou agora Damaris, amargurada.

Por alguns dias, ela e Rogelio mantiveram-se unidos. Ela lhe contava o que acontecia nas novelas da tarde e ele, o que tinha visto e pensado enquanto caçava, pescava ou ceifava o mato. Recordavam coisas do passado, riam, comentavam as notícias e a novela da noite e iam dormir juntos, como no início, quando Damaris tinha dezoito anos e ainda não havia começado o sofrimento por não engravidar.

Uma manhã, enquanto preparava o café no quiosque, Damaris deixou cair uma das xícaras do jogo que Rogelio tinha comprado em sua última viagem a Buenaventura.

— Não duraram nem dois meses — reclamou ele, aborrecido —, que mão pesada você tem.

Damaris não respondeu, mas naquela noite, quando desligaram a televisão e ele tentou se aproximar, ela se afastou e entrou no quarto onde dormia sozinha. Ficou olhando as próprias mãos por um tempo. Eram imensas, com os dedos grossos, as palmas curtidas e ressecadas e as linhas marcadas feito fendas na terra. Eram mãos de homem, as mãos de um pedreiro ou de um pescador capaz de puxar peixes gigantes. No dia seguinte, nenhum dos dois disse bom-dia e então voltaram a se distanciar, a não se olhar na cara, a dormir separados e a conversar apenas o necessário.

Damaris não chorou mais pela cachorra, porém sua ausência lhe doía no peito como se fosse uma pedra. Sentia sua falta em todas as horas. Quando chegava do povoado e ela não estava no topo da escadaria abanando o rabo, quando preparava o peixe e ela não aparecia para olhá-la com insistência, quando guardava as sobras sem separar as melhores partes para ela ou quando tomava seu café pelas manhãs e não tinha a quem acarinhar a cabeça. Achou que a tinha visto muitas vezes: em um saco de cocos que Rogelio apoiava no casebre, nas cordas de amarrar lanchas que ela deixava arrumadas no quiosque, em um novo feixe de lenha posto ao lado do fogão, nos outros cachorros, nas plantas do jardim, nas sombras das árvores pela tarde e na caminha, que permanecia no quiosque, do mesmo jeito que a cachorra tinha deixado, pois Damaris não teve força de vontade para se desfazer dela.

Seu Jaime lhe disse que sentia muito, como se tivesse morrido um parente de Damaris, e ela lhe agradeceu por ter levado em consideração seus sentimentos. Diante de dona Elodia, enquanto lhe contava o que tinha acontecido, sentiu culpa por ter permitido que a cachorra desaparecesse, por não continuar procurando-a e ter perdido as esperanças. Dona Elodia a ouviu em silêncio e em seguida suspirou, como que resignada com a vida. Da ninhada de onze filhotes, restava apenas o cachorro dela, e agora Damaris, quando ia para o outro povoado, evitava passar pelo bar, porque lhe doía vê-lo.

Como a última coisa de que precisava naquele momento era escutar os comentários negativos de Luzmila, não contou nada a ninguém de sua família, nem sequer à tia Gilma. Mas Luzmila ficou sabendo de qualquer forma. Rogelio, quando voltava um dia da pesca, se encontrou por acaso com o marido dela na cooperativa de pescadores e, comentando alguma outra coisa, contou-lhe toda a história da cachorra, seu desaparecimento e o tanto que tinham procurado. Naquela noite, Luzmila ligou para o celular de Damaris.

— Por isso que eu não gosto de animais — disse.

Damaris não entendeu se era porque podiam se perder na mata ou porque morriam, mas, em vez de pedir uma explicação, perguntou se naquela manhã tinha falado com seu pai.

A morte do senhor Gene se deu de modo muito misterioso. Ninguém nunca soube o que aconteceu com ele nem como foi parar no mar. Naquela época, já estava quase inteiramente paralisado pela doença e só conseguia mover os dedos. A maioria das pessoas achava que tinha se suicidado, jogando-se do rochedo com a cadeira de rodas, mas Damaris e Rogelio sabiam que era impossível. O motor da cadeira não tinha força para isso, e, se tivesse tentado, seu Gene teria acabado enredado nos arbustos que cresciam na borda do penhasco, como na vez que não conseguiu frear a tempo e Rogelio teve que retirá-lo com os próprios braços. Um grupo acreditava que madame Rosa o tinha empurrado, uns diziam que por piedade e outros que para se livrar dele.

Rogelio achava possível que madame Rosa o tivesse empurrado, porque àquela altura ela já não batia bem da cabeça. Isso era verdade, mas Damaris tinha certeza de que, por mais confusa que estivesse, não tinha sido ela. Se não tinha feito mal aos camundongos do mato que faziam ninhos em sua despensa, ou aos gafanhotos que comiam a roupa, nem às mariposas enormes que mais pareciam morcegos e a assustavam de noite, não teria matado o marido.

Em todo caso, quando o senhor Gene se perdeu com a cadeira de rodas e não encontravam nenhum sinal dele no rochedo, Rogelio foi a primeira pessoa a dizer que não devia estar ali. Os homens do povoado que estavam ajudando a procurá-lo não entenderam.

— Se estivesse aqui em cima — explicou, olhando para o céu —, já estaria cheio de abutres.

Isso era tão verdadeiro que os homens se olharam como que dizendo "Mas como não pensamos nisso antes?", e Damaris sentiu orgulho do marido.

Ela viu o cadáver do senhor Gene assim que o tiraram do mar e o trouxeram para a praia. Estava ainda mais branco do que fora em vida, e isso porque ele fora branquíssimo, o branco mais branco que Damaris havia conhecido. Tinha a pele descascada em partes, feito uma laranja, os dedos das mãos e dos pés comidos pelos animais, as cavidades dos olhos vazias, a barriga inflada e a boca aberta. Damaris observou por dentro. Faltava-lhe a língua e uma água escura lhe subia até a garganta. Cheirava a coisa podre e ela achou que em qualquer momento surgiriam peixes de sua barriga ou dele brotaria uma trepadeira.

Ficou sumido por vinte e um dias e era, depois de Nicolasito, o segundo corpo que mais tempo o mar havia demorado para devolver.

A cachorra apareceu quando já ninguém mais falava dela com Damaris. Nesse dia, ela acordou cedo com o alvoroço dos pescadores indo para o mar aberto com suas lanchas pela angra, onde eram guardadas à noite. O dia estava encoberto, mas não chovia, e Damaris estava preocupada, pois tinham apenas um peixe para comer. Mal abriu a porta do casebre para ir ao quiosque, Damaris a viu no jardim, junto às folhas do coqueiro. A primeira coisa que pensou foi que seus olhos a estavam enganando outra vez, mas agora sim era a cachorra de verdade, magérrima e toda suja de barro.

Damaris saiu do casebre. A cachorra começou a balançar o rabinho e ela chorou outra vez. Chegou perto dela e se agachou para abraçá-la. Fedia. Inspecionou-a. Tinha carrapatos, um corte na orelha, uma chaga profunda na pata traseira e as costelas marcadas. Damaris olhava sem parar para ela. Não conseguia acreditar que tivesse voltado e menos ainda que estivesse em tão boas condições, depois de todo aquele tempo na mata. Tinham se passado trinta e três dias, doze a mais do que seu Gene havia ficado sumido e só um a menos do que Nicolasito, mas como tinha sido devolvida pela selva, e não pelo mar, estava viva. Viva! Damaris não se cansava de repetir isso em sua cabeça.

— Está viva! — disse em voz alta quando Rogelio saiu do casebre.

Ele ficou tão espantado ao vê-la, que não conseguiu falar.

— É a Chirli! — disse Damaris.

— Estou vendo — retrucou ele.

Aproximou-se, a observou da cabeça ao rabo e até lhe deu uma palmada de saudação no dorso. Em seguida pegou a escopeta e foi caçar na mata.

Damaris a limpou, desinfetou suas feridas com álcool e preparou um caldo de peixe, que lhe serviu com uma cabeça, o que deixou ela própria sem comida. Depois desceu para o povoado e pediu a seu Jaime, com vergonha, pois naquele mês não tinham conseguido saldar a dívida do que haviam comprado fiado, que lhe emprestasse dinheiro para comprar Gusantrex, uma pomada para evitar vermes. Seu Jaime lhe deu o dinheiro sem piscar e, além disso, pendurou na conta um quilo e meio de arroz e duas porções de frango.

Como não encontrou a Gusantrex em nenhum dos dois povoados, Damaris encomendou à filha mais velha de Luzmila, que viajaria a Buenaventura naquele mesmo dia, sem se importar com o que sua prima fosse pensar ou dizer.

A Gusantrex chegou na última lancha, e Damaris dedicou os dias seguintes a cobrir as feridas da cachorra com a pomada, alimentá-la com caldos e mimá-la muito.

As feridas se curaram e logo a cachorra engordou, mas Damaris continuou tratando-a como se ainda estivesse fraca e já não se importava mais em chamá-la de Chirli ou de mimá-la na frente dos outros, nem mesmo de Luzmila, quando ela veio comemorar o Dia das Mães.

Luzmila chegou com toda a família: o marido, as filhas, o genro, as netas e até tia Gilma, que foi carregada nos braços escada acima e deitada em uma das espreguiçadeiras da varanda da casa grande. Prepararam um cozido de galinha no fogão à lenha do quiosque, encheram a piscina e se banharam. Ninguém disse "Olhe só para nós, tão atrevidos", mas Damaris achava que todos deviam estar pensando isso e, embora ela risse das piadas e brincasse com as meninas, não estava se divertindo. Sentia-se aflita com o que as pessoas pensariam se pudessem vê-los ali, ocupando a casa dos Reyes. Tia Gilma se abanava na espreguiçadeira da varanda feito uma rainha, Rogelio estava deitado em outra perto da piscina, Luzmila e o marido, sentados na beirada, bebiam de uma garrafa de aguardente, as meninas faziam piruetas na água e Damaris, que tinha acabado de sair da piscina, desfilava deixando um rastro de água pelo caminho de pedrinhas, com seu traseiro gigantesco e o short curto e uma blusa de alcinha desbotada que usava como saída de banho ou para trabalhar. Pensou que ninguém nunca iria confundi-los com os donos. Eram uma cambada de negros pobres e malvestidos usando as coisas dos ricos. Uns insolentes era o que as pessoas pensariam, e Damaris queria morrer, porque, para ela, ser insolente era algo tão terrível ou descabido quanto o incesto ou um crime.

Sentou-se no chão com as pernas esticadas e se recostou na parede do quiosque. A cachorra se deitou a seu lado, pousou a cabeça em sua coxa e ela começou a acarinhá-la. Luzmila as olhou, balançando negativamente a cabeça, e então foi oferecer um trago a Rogelio.

— Já tiraram você da cama para colocar a cachorra no lugar? — perguntou. — Porque no almoço a melhor porção foi servida a ela.

Luzmila exagerava. É verdade que Damaris tinha servido um pouco de cozido para a cachorra, mas era só pele e um pedacinho da própria porção.

— Ainda não — respondeu Rogelio —, mas não sei por que perde tempo com esse animal, que já se arriscou na mata e se perdeu. Tenho certeza que ela vai continuar fugindo.

Rogelio tinha razão. A cachorra voltou a fugir num dia em que foram à casa de madame Rosa. Damaris a deixou no pátio dos fundos, como sempre, e subiu para a casa. Abriu as janelas e as portas para arejar, tirou as teias de aranha das quinas e o pó dos móveis, limpou a cozinha e o banheiro, varreu e encerou os pisos e fumigou todos os espaços. Ficou com as mãos ressecadas e cheirando a produto químico.

Quando terminou e desceu, lá pelas quatro da tarde, a cachorra não estava. Havia uma camada de nuvens tão grossa e baixa, que parecia esmagar a terra. O ar estava pesado e Damaris imaginou que a cachorra, com calor e medo da chuva, tinha voltado para casa.

Assim que chegou, foi procurá-la, queria lhe oferecer um pouco de água. Os demais cachorros estavam com a língua de fora, debaixo do casebre. Ela, não. Damaris não a encontrou em nenhum lugar. Buscou-a debaixo da casa grande, nas escadarias, no jardim, no quiosque... Damaris transpirava e se sentia asfixiada pelo mormaço. Queria ter jogado uma água no corpo, no tanque, para se refrescar, mas encontrar a cachorra era mais importante. Chamou-a aos gritos de todos os lugares da propriedade e entrou um pouco na mata para continuar chamando e procurando por ela. Fez isso até que ficou muito escuro para andar descalça e sem lanterna. Nada.

Quando voltou para casa, tomou banho no tanque. Estava mais zangada que preocupada. Ficou com raiva por a cachorra ter ido embora, por desta vez ter ido sozinha, sem a influência dos outros cachorros, por ter sido obrigada a gritar e a procurá-la daquela maneira, por ter ficado angustiada e, sobretudo, por Rogelio ter razão e a cachorra ter de fato aprontado. Por isso não contou nada quando ele chegou da pesca com um punhado de peixes e, para evitar que percebesse, parou de procurar à noite. Estava com tanta raiva, que não prestou atenção na novela. Já estava no noticiário quando decidiu sair para dar uma última olhada, com a desculpa de checar se os peixes tinham sido bem armazenados.

As nuvens tinham ido para o outro lado e a noite estava aberta e fresca. Ao longe, sobre o mar, tão distante que não se escutava, havia uma tempestade elétrica, com raios azuis e alaranjados cortando a escuridão como arranhões. A cachorra tinha retornado. Estava na cama dela e Damaris se alegrou ao vê-la, mas não demonstrou.

— Shhh, cachorra malvada! — repreendeu Damaris quando ela estava se levantando para fazer festa.

A cachorra abaixou o rabo e a cabeça.

— Vou deixar você sem comida esta noite — ameaçou.

Mas em seguida se arrependeu e lhe serviu as sobras que tinha guardado para ela.

Na manhã seguinte, a cachorra estava muito dócil e não se separou de Damaris nem por um minuto. Ela a perdoou e decidiu que Rogelio estava enganado e que a cachorra tinha jeito, sim. Armou-

-se com uma das cordas de Rogelio para atar lanchas, a enlaçou pelo pescoço com o mesmo nó que usava para prender a canoa, a amarrou a uma das colunas do quiosque, sentou-se a seu lado e pacientemente esperou que tentasse sair.

Quando fez isso e se pôs a puxar a corda, Damaris começou a lhe dizer, suavemente, para que se acalmasse, que tudo o que esperava dela era que não fosse embora nunca mais, que voltasse a ser uma cachorra obediente, que se lembrasse da fome e dos horrores dos trinta e três dias que esteve perdida na mata, que não fosse burra e aprendesse com a experiência. Rogelio chegou da mata nesse momento, com uns pedaços de pau para reparos no casebre e olhou a cena com assombro.

— Você quer matar o bicho?!

— Por quê?

— É um nó corrediço. Vai enforcá-la!

Damaris correu para o pescoço da cachorra com a intenção de libertá-la, mas, como ela tinha se movimentado com desespero, o nó tinha se apertado e não cedeu. Rogelio afastou Damaris, dominou e deitou a cachorra e pegou seu facão. Damaris se horrorizou, mas, antes que pudesse reagir, Rogelio cortou a corda e libertou a cachorra.

Depois que a cachorra se acalmou e tomou água, Rogelio ensinou Damaris como prendê-la. Não tinha problema usar o nó corrediço para evitar que se soltasse, mas jamais devia enlaçá-la pelo pescoço. Em vez disso, a corda devia atravessar o peito do ombro até por baixo da pata dianteira pelo lado contrário, como as pessoas cruzam a alça de uma bolsa.

Damaris manteve a cachorra amarrada durante uma semana. A corda era longa e ela podia buscar sombra à medida que o sol se movia e chegar até a grama que rodeava o quiosque para fazer suas necessidades. Damaris enchia sua tigela de água sempre que ficava vazia e lhe dava comida junto à coluna à qual estava amarrada. À noite, deixava a luz acesa como sempre tinha feito, para evitar que os morcegos a mordessem.

No fim da semana, antes de soltá-la, olhou-a nos olhos e disse "Estou de olho". A cachorra saiu correndo feito um potro selvagem e Damaris achou que ela fugiria. Não fez isso. Quando se cansou, voltou ao quiosque com a língua de fora, bebeu água e deitou ao seu lado. Damaris achou que era um bom sinal, mas de todo modo continuou vigiando-a. Não a perdia de vista, quando se afastava, punha-se a chamar até obrigá-la a voltar para perto à noite; quando ia ao povoado, ou não podia cuidar dela, deixava-a amarrada.

Mas foi só voltar a confiar nela e relaxar um pouco a vigilância para que a cachorra fugisse. Desta vez ficou um dia e uma noite fora e daí em diante nada funcionou: nem amarrá-la por um mês inteiro, nem deixá-la solta o tempo todo, nem viver vigiando-a, parar de se preocupar com ela, tirar a comida como castigo, dar mais comida que de costume, tratá-la com dureza ou enchê-la de carinho. Na menor oportunidade, a cachorra ia embora e passava horas ou dias fora.

Rogelio não fez comentários, mas Damaris ficava desconcertada ao imaginar que ele pudesse estar pensando "Eu avisei" e começou a sentir rancor da cachorra. Em uma de suas ausências, tirou a caminha do quiosque e a jogou do rochedo em um lixão de embalagens de óleo de motor e barris de gasolina perfurados que havia na angra. Parou de lhe fazer carinho, de separar-lhe as melhores sobras, de lhe dar atenção quando abanava o rabinho, de se despedir dela à noite e até de acender a luz do quiosque. Quando um morceguinho a mordeu, Damaris só se deu conta porque Rogelio lhe mostrou o fio de sangue e perguntou se ela não ia tratar da ferida. O corte era no focinho e não parava de sangrar. Como Damaris deu de ombros e continuou o que estava fazendo, coando o café da manhã, Rogelio foi pegar a Gusantrex no casebre e ele mesmo a aplicou.

O corte se curou e agora era Rogelio quem assegurava que a luz do quiosque estivesse acesa todas as noites. Não é que cuidasse dela, mas uma pessoa alheia à situação pensaria que a cachorra era dele e que era Damaris quem não gostava de animais. Ela passou a ficar incomodada com sua presença, com seu mau cheiro, quando se coçava, quando se sacudia, se um fio de baba ficasse pendurado pelo focinho e, nos dias de chuva, com que as patas sujassem de barro o piso do quiosque e as plataformas da piscina e do jardim. Desejava que sumisse de repente, que não voltasse, que uma jararaca a picasse e ela morresse.

Em vez disso, a cachorra parou de fugir e se acalmou. Passava os dias onde Damaris estivesse, estirada no quiosque enquanto ela cozinhava ou dobrava a roupa limpa, debaixo da casa grande enquanto ela se asseava ou do casebre, quando assistia às novelas da tarde. Um dia Damaris se pegou acarinhando-a como nos velhos tempos.

— Tão linda, a minha cachorrinha — disse para que Rogelio a escutasse. — Já tomou juízo.

Era final de tarde e ela e a cachorra estavam sentadas no último degrau, de frente para a angra, por onde a maré subia com rapidez, escura e silenciosa como uma sucuri colossal. Ele estava em uma cadeira de plástico, que tinha tirado do casebre, limpando as unhas com uma faca de cozinha.

— Isso é só porque está prenha — disse ele.

Para Damaris foi como um soco no estômago: sentiu que estava ficando sem ar. Não conseguiu nem sequer se negar a aceitar o fato, porque era evidente. A cachorra tinha as tetas aumentadas e a barriga redonda e dura. Era inacreditável que tivesse sido ele a anunciar isso.

A tristeza cobriu Damaris e tudo — levantar-se da cama, preparar a comida, mastigar os alimentos — era um tremendo esforço para ela. Sentia que a vida era como a angra e que ela precisava atravessá-la caminhando com os pés enterrados no barro e a água até a cintura, sozinha, completamente só, em um corpo que não lhe dava filhos e só servia para quebrar coisas.

Quase não saía do casebre. Passava o tempo enclausurada, vendo televisão num colchonete que punha no chão enquanto lá fora o mar crescia e diminuía, a chuva se derramava sobre o mundo e a selva, ameaçadora, rodeava-a sem lhe fazer companhia, igual ao marido, que dormia em outro quarto e não perguntava o que estava acontecendo; a prima, que vinha só para criticá-la; a mãe, que tinha ido embora para Buenaventura e depois morrera; ou a cachorra, a quem tinha criado, mas então a abandonara.

Damaris não suportava vê-la. Era uma tortura encontrá-la cada vez mais barriguda quando abria a porta do casebre. A cachorra se empenhava em estar sempre ali e em segui-la do casebre ao quiosque, do quiosque ao tanque e do tanque ao casebre... Damaris tentava espantá-la. "Xô", dizia, "me deixe", e certa vez até ensaiou erguer a mão como se fosse bater nela, mas a cachorra sequer se assustou, seguia indo atrás dela, lenta e pesada pelos filhos que levava em si.

Era uma noite de chuva intensa, mas fazia calor no casebre. A luz tinha acabado e estavam às escuras e sem televisão, com a sala cheia de pernilongos. Rogelio tinha se esquecido de juntar estopa de coco e não havia como espantá-los. Damaris, atormentada pelos bichos, se envolveu num lençol da cabeça aos pés. Sentou-se em uma das cadeiras plásticas junto à janela, sem abri-la, para que a água não entrasse, e ficou ouvindo a chuva, um zunzum contínuo que parecia gente rezando num velório. Rogelio pôs a capa de chuva e as galochas e saiu do casebre dizendo que preferia ir para o quiosque, que não era todo fechado e ao menos se refrescaria com o sereno da chuva. Não havia passado muito tempo quando a porta de repente se abriu. Era Rogelio sem a capa de chuva e ensopado.

— Os cachorrinhos estão nascendo! — anunciou.

Damaris não se mexeu.

— E você acha que me importo? — disse ela.

Rogelio negou com a cabeça.

— Você ficou amarga mesmo. Essa cachorra não é sua, afinal? Não era você que amava tanto ela?

Damaris não respondeu e Rogelio saiu outra vez.

Ela viu os filhotes no dia seguinte, quando sentiu fome e teve que ir ao quiosque para preparar o almoço. Rogelio tinha improvisado uma cama com sua capa de chuva, e a cachorra estava dando de mamar. Eram quatro, diferentes um do outro e tão pequenos, cegos e indefesos quanto a cachorra era no dia em que Damaris a encontrou no bar de dona Elodia. Cheiravam a leite e Damaris não conseguiu resistir. Pegou um por um, aproximou-os do nariz para aspirar o aroma e os apertou contra o peito.

A cachorra se revelou uma péssima mãe. Na segunda noite comeu um dos filhotes e nos dias seguintes abandonou os três que restaram para tomar sol na plataforma da piscina ou para se estirar no tanque, onde sempre estava fresco, ou debaixo de uma das casas com os outros cachorros, ficava em qualquer canto, contanto que estivesse longe deles. Damaris tinha que pegá-la à força, levá-la de volta ao quiosque e obrigá-la a ficar deitada para que eles pudessem mamar.

Os filhotes tinham duas semanas quando Damaris precisou comprar leite em pó, porque a cachorra não os alimentava o suficiente e eles viviam resmungando de fome. Não tinham completado um mês quando a cachorra voltou a fugir e, como não retornava, eles tiveram que aprender a comer sobras. Quando voltou, vários dias depois, seu leite havia secado e ela perdeu de vez o interesse neles.

Os filhotes faziam suas necessidades no quiosque, nas veredas, na escadaria, em todos os lugares menos na grama, e agora Damaris, além de suas outras tarefas, tinha que ficar atrás deles, limpando aquela porcaria. Um dia em que foi limpar a casa de madame Rosa e ficou fora a tarde toda, não teve tempo de cuidar deles. Quando Rogelio chegou da pescaria, pisou num cocô mole e, embora estivesse de chinelo e a única parte a ficar suja tenha sido a sola, enfureceu-se e disse, gritando, que da próxima vez não responderia por seus atos.

Rogelio não voltou a pisar em nenhum cocô mole, mas poucos dias depois um dos filhotes avançou nele para morder os pés com seus dentes de agulha e ele, com um pontapé, o lançou contra a parede do quiosque.

— Seu estúpido! — gritou Damaris, e foi ver como o filhote estava. Era uma femeazinha, a mais brincalhona de todos, uma bolinha de pelo preto com uma mecha branca no olho.

Rogelio seguiu seu caminho sem pedir desculpas nem olhar para trás para saber o que tinha acontecido. Embora tivesse se chocado com força contra a parede e ficado atordoada, a cachorrinha reagiu logo e em poucos minutos estava brincando outra vez. No dia seguinte, Damaris iniciou a tarefa de procurar um lar para eles.

O maior, um macho de pelo avermelhado e orelhas compridas, foi recebido em uma das cabanas para turistas que havia na ladeira que leva ao outro povoado. O outro, que tinha pelo curto e cinzento como o da mãe, foi adotado por uma irmã da mulher de seu Jaime. Ninguém queria a fêmea. Não havia veterinários na região nem como castrar os animais, e as pessoas não gostavam de ficar cuidando das fêmeas no cio, muito menos se responsabilizar pelas crias. Damaris tinha visto muitas vezes, do rochedo, como jogavam na angra uma ninhada inteira de cachorros ou de gatos, para que a maré os levasse.

Dona Elodia estava colaborando com a busca e lembrou-lhe que havia Ximena, que perdera seu cachorro e desde o começo queria uma fêmea. Nenhuma das duas nem ninguém que conheciam tinha o número do celular dela, então Damaris foi até sua banca de artesanato no outro povoado para lhe perguntar se estava interessada.

Ximena disse que sim com muito entusiasmo e acertaram que ela passaria para pegar a cachorrinha no dia seguinte. Como não conhecia o caminho até o rochedo, Damaris lhe deu as indicações e trocaram números de telefone. Damaris ficou esperando por ela o dia inteiro, mas Ximena não apareceu. Como não tinha crédito no celular, Damaris teve que esperar até a manhã seguinte, quando a maré baixou e então pôde ir ao povoado fazer compras e ligar para ela do posto telefônico na venda de seu Jaime. Ximena não atendeu e também não foi buscar a cachorrinha naquela tarde, nem nos dias seguintes.

Outra semana se passou. A cachorrinha estava em uma idade terrível. Pedia mais comida que os cachorros grandes, passava o tempo todo mordendo os pés de Damaris, ainda fazia cocô onde menos devia e destruía tudo o que passava na sua frente — o pé de uma cadeira, os únicos sapatos sociais de Damaris, os panos da cozinha e uma boia de pesca de Rogelio, que Damaris jogou do rochedo sem que ele percebesse, para que não a castigasse. Quando Rogelio perguntou se tinha visto a boia e ela respondeu que não, ele olhou com desconfiança, mas não disse nem fez nada.

Damaris já estava pensando que entendia as pessoas que jogavam os filhotes na maré e tentava se convencer de que era isso o que devia fazer, quando um carregador que trabalhava no cais a abordou no povoado. Tinha ouvido falar que ela estava doando uns cachorrinhos e queria saber se ainda tinha algum. Damaris disse que restava apenas uma fêmea.

— Quando posso pegá-la? — perguntou ele, decidido.

Damaris pensou em telefonar para Ximena para confirmar se ela não queria mais a cachorra, no entanto, embora estivesse na região do cais, onde havia vários postos telefônicos, decidiu não fazer isso. E se ela não atendesse e o carregador se arrependesse de levar um animal que ela tinha prometido a outra pessoa? Ou ainda pior: se ela atendesse, garantisse que iria buscá-la como tinha feito antes e nunca aparecesse?

— Se quiser, vamos agora mesmo buscá-la — disse Damaris.

A maré estava baixa, então atravessaram a angra caminhando, com a água pelos tornozelos. Ele nunca tinha estado no rochedo. Ficou de queixo caído, admirando a piscina, os jardins e a vista do mar, as ilhas e a angra. Não disse uma palavra sobre a casa grande.

— Tem uns vinte anos que os donos não mandam dinheiro nem para a pintura nem para nada — explicou Damaris.

— É um milagre que esteja de pé — disse ele.

Ela lhe entregou a cachorrinha e ele foi embora sorridente, acarinhando-a.

Damaris ficou observando-o lá de cima. Era feíssimo, com marcas de acne no rosto e tão magro, que parecia doente, um sobrevivente de todas as malárias. Sua mulher era mais gorda que Damaris e pelo menos vinte anos mais velha que ele, mas sempre andavam pelo povoado de mãos dadas. Damaris pensou que certamente amariam muito a cachorrinha, pois eles também não tinham filhos, e se perguntou se seria isso o que os mantinha unidos.

Ximena levou mais uma semana para aparecer, ou seja, quinze dias desde que tinha dito que iria buscar a cachorrinha. Damaris estava lavando o banheiro quando escutou os latidos dos cachorros e saiu para ver o que era. Os cachorros estavam no topo da escadaria, Danger ouriçado e rosnando, Mosco e Olivo ao redor, apoiando-o com seus latidos. Ximena tinha ficado paralisada alguns metros abaixo, no último degrau. Damaris acalmou os cachorros, que se dispersaram, e Ximena terminou de subir.

A maré estava baixa, ela tinha vindo caminhando e estava com as pernas molhadas e os chinelos e os pés cobertos de barro. Além disso, estava agitada e suada. Notava-se que a caminhada desde o outro povoado, a travessia da angra, a subida da escadaria e o susto por causa dos cachorros a tinham esgotado. Damaris lhe ofereceu água, mas ela apontou a mochila que levava cruzada.

— Tenho aqui — disse, e em seguida acrescentou com impaciência: — Vim buscar minha cachorrinha.

Damaris estava com as mãos besuntadas de alvejante e as secou na camiseta. Envergonhada, explicou que, como ela não tinha vindo pegá-la nem atendido seu telefonema, dera a cachorra a outra pessoa.

— Você deu minha cachorrinha para outra pessoa?!

Damaris assentiu e Ximena se encheu de raiva. Disse que era o cúmulo que ela tivesse dado um animal que não era seu, que tinha deixado de ser dela no momento que o tinha oferecido e ela aceitado, que Damaris sabia muito bem o tanto que ela queria aquela cachorrinha, como estava ansiosa para cuidar dela, que já tinha uma caminha pronta, tinha organizado um jeito de trazer-lhe comida de Buenaventura, e que Damaris pelo menos devia ter tido a gentileza de avisar que não viesse, e assim ter evitado a caminhada filha da puta até aquele lugar de merda que ficava para lá do último círculo do inferno.

Serena, Damaris respondeu que não havia necessidade de ser grosseira e de novo tentou elencar suas razões, mas Ximena não quis ouvir nem assumir a parte da responsabilidade que lhe cabia e a interrompeu dizendo:

— Bem, então levo outro.

Damaris ficou muda e com os olhos no chão.

— O que foi? — questionou Ximena, compreendendo —, não sobrou mais nenhum?

Damaris negou com a cabeça.

— Eram só três e, quando eu te ofereci, já não tinha outro, a não ser a fêmea.

Ximena a olhou como se tentasse fazer com que todas as maldições recaíssem sobre ela, e Damaris achou que aquele olhar estava se prolongando por tempo demais.

— Você devia ter me ligado antes de dar a minha cachorrinha para outra pessoa — disse, por fim, Ximena.

— Pensei em fazer isso, mas como da outra vez você não me atendeu...

— O quê? Você presumiu que eu também não atenderia depois?

Damaris baixou a voz:

— Ou que você não estava mais interessada na cachorrinha.

— Fez muito mal, devia ter me ligado, sabe muito bem disso.

Damaris não quis falar mais nada, já não tinha importância. Ximena virou-se para ir embora e deu de frente com a cachorra, que vinha subindo as escadas. Ultimamente ela escapulia não apenas para a mata, mas também para o povoado e, apesar de odiar água, tinha aprendido a atravessar a angra nadando, mesmo quando a maré estava em seu nível mais alto. Estava com as patas enlameadas e pingando. Ximena, que já não parecia zangada, olhou para Damaris.

— Esta é a mãe dos filhotes? — perguntou.

— Sim — disse Damaris.

— Tão bonita. Era assim que eu imaginava a minha. Que tristeza ir embora de mãos vazias.

Ximena seguiu seu caminho. A cachorra começou a abanar o rabo para Damaris, e ela a odiou. Fazia uma semana que estava fora e agora retornava para deixar tudo o que tocava imundo.

Nesta noite, já sem má vontade, Damaris ficou observando a cachorra e, depois de um instante, a amarrou e até passou a mão por seu dorso, como não fazia desde antes de ela ter os filhotes.

Na manhã seguinte, desceu ao povoado com ela presa. A maré estava em seu nível mais baixo e caminharam pela praia, que estava imensa e acinzentada como o mar e o céu. Os pescadores tinham saído em suas lanchas e na praia havia apenas umas crianças catarrentas e sem roupa brincando em meio ao lixo. Tinha chovido para valer a noite inteira e agora só restava uma garoa, o que não impedia as pessoas de sair e tocar a vida, como se não estivesse chovendo em absoluto. A chuva era sempre tão fresca e limpa que parecia purificar o mundo, mas na verdade era a responsável por tudo estar coberto por uma capa de mofo: os troncos das árvores, as colunas de concreto do cais, os postes de luz, as estacas das casas de madeira, as paredes de tábua e os telhados de zinco e amianto...

À medida que avançavam, os cachorros de rua saíam das casas e dos restaurantes, aproximavam-se para cheirar a cachorra e, para desgosto de Damaris, ela abanava o rabo para todos, demonstrando que os conhecia. Damaris ficou aliviada por dona Elodia não estar no bar, pois não saberia como lhe explicar o que estava para fazer.

Deixaram a praia para trás, subiram pela rua pavimentada, avançaram por uma fileira de casas, lojas e hoteizinhos de madeira menos decadentes que os da praia, com as fachadas envernizadas ou pintadas e jardins com orquídeas, cruzaram o aeroporto militar e o Parque das Baleias, de onde se podia vê-las saltar na temporada, e chegaram ao outro povoado.

O céu permanecia fechado, mas tinha parado de chover e Ximena estava montando sua barraca de artesanato. Arrumava os artigos no tecido de veludo com tanto cuidado como se tivesse traçado as fileiras com uma régua. Viu-as se aproximar com estranheza, ainda mais quando pararam diante dela.

— O que estão fazendo aqui?

— Vim trazê-la.

— A cachorra? — perguntou Ximena, espantada.

— Se você quiser — disse Damaris.

— Claro que quero. — Ximena emocionou-se e se agachou para acarinhá-la. — Como não vou querer, se é a irmã do Simón!

Mas ela se deteve de repente e levantou a cabeça para olhar para Damaris com desconfiança.

— Por que está me dando?

— Porque você a quer mais do que eu.

A explicação satisfez Ximena.

— Você tem muitos cachorros na sua casa — disse, e voltou a acarinhar a cachorra. — Como se chama?

— Chirli.

— Ooooi, minha Chirli — disse Ximena num tom infantil enquanto tocava sua cabeça e o dorso —, oooi, minha cacholinha linda e gotosa, como cê tá?

A cachorra abanou o rabo.

— Mas você tem que deixá-la presa — advertiu Damaris. — Ao menos até que se acostume, senão vai fugir.

— Óbvio — disse Ximena.

No entanto, dois dias depois, a cachorra chegou à casa do rochedo. Damaris estava assistindo a uma novela e teve que interrompê-la para sair correndo do casebre e espantá-la para que não achasse que era bem-vinda. Fez-lhe todo tipo de gestos e de vozes ameaçadoras, mas, como a cachorra não tinha medo dela, a única coisa que conseguiu foi que se enfiasse debaixo da casa grande. Quando tentou tirá-la com uma vassoura, ela se refugiou no centro, onde não era possível alcançá-la nem com o varão da rede com que limpavam a piscina.

Se houvesse crédito no celular, Damaris teria telefonado para Ximena e dito que viesse buscar a cachorra, daria o assunto por resolvido e continuaria assistindo à novela. Como não havia, desesperou-se e passou a insultá-la mentalmente. "Velha sem educação", dizia, "você é assim porque é viciada, eu não disse que era para você amarrá-la?". "Ah, você amarrou", continuava dizendo, como se Ximena lhe tivesse respondido, "mas fez do jeito errado, sua maluca, burra, é toda enrugada e grisalha e ainda não sabe fazer uma merda de um nó?". Damaris dava voltas ao redor da casa grande, empunhando o varão comprido de limpar piscina na mão direita, gesticulando com a esquerda e fazendo caras como se estivesse mesmo em plena querela com alguém. Rogelio tinha ido podar os jardins da propriedade da madame Rosa, mas se a tivesse visto nesse momento teria pensado que Damaris estava louca.

De repente, Damaris entendeu o que tinha que fazer. Soltou o varão e o deixou jogado no chão. Foi ao tanque, encheu de água o maior balde que tinham, pegou uma vasilha pequena, voltou à casa grande, agachou-se até o nível onde a cachorra ficava mais próxima e começou a jogar água nela. Não pegava nela um jorro forte, apenas uns respingos, mas a cachorra tinha tanto ódio ao líquido, que isso foi suficiente para tirá-la de lá. Correu para o jardim e Damaris esperou até que estivesse distraída para chegar por trás e esvaziar o balde em cima dela.

Assustada, a cachorra deu um pulo e depois lançou a Damaris seu olhar de cachorro perdido, ou talvez horrorizada, e começou a se afastar dela, da que antes tinha sido sua aliada e agora cometia contra ela a maior das traições. Tinha o rabo entre as pernas e a cada instante virava a cabeça, vigiando sua retaguarda, e Damaris teve a impressão de que agora sim havia se rompido entre ambas algo irreparável. Ao contrário do que esperava, isso lhe doeu.

Aquela tinha sido sua cachorra: Damaris a tinha resgatado, carregado em seu sutiã, ensinou-a a comer, a fazer as necessidades nos lugares adequados e a se comportar como devia até que ficou adulta e não precisou mais dela. Damaris a seguiu por todo o jardim até a escadaria e a viu descer por ali, cruzar a angra, que estava seca, alcançar o outro lado, se sacudir, seguir seu caminho entre os garotos que voltavam da escola e se perder no povoado, já sem olhar mais para trás. Damaris não chorou, mas quase.

Na manhã seguinte, a cachorra estava de volta ao quiosque, deitada no local onde sempre estivera sua cama. Assim que viu Damaris, levantou-se e se afastou. Quando Damaris tentou se aproximar para pegá-la, saiu do quiosque sem se importar que estivesse chovendo forte. Então Damaris fingiu não estar interessada nela, escondeu a corda, acendeu o fogão e começou a preparar o café sem olhá-la mais.

A cachorra não ia ficar muito tempo sob o beiral do quiosque, onde a água que escorria do teto respingava e a molhava, quando dentro podia estar seca e protegida. A entrada desse lado ficava junto ao fogão e Damaris esperou com paciência até que a cachorra entrou e ali ela a pegou, enlaçando-a pelo pescoço como se faz com uma vaca. Damaris a subjugou apertando o nó corrediço e só então ela pôde se aproximar, afrouxar a corda e colocá-la como Rogerio lhe havia ensinado, para evitar que se enforcasse, passando-a por baixo de uma axila.

Um aguaceiro dos piores tinha caído durante a noite e, embora a intensidade tivesse diminuído, nada pressagiava que logo estiaria. A maré ainda estava alta e retornava com violência, arrastando paus e galhos. Rogelio estava acordado fazia algum tempo, mas não tinha saído do casebre. Quando viu Damaris e a cachorra passarem em direção às escadas, colocou a cabeça para fora pela janela.

— Vai sair? — perguntou assombrado.

Damaris disse que sim, que tinha deixado café no quiosque para ele.

— Aonde vai?

— Deixar a cachorra e fazer compras.

— Deixar onde?

— Na casa de uma senhora para quem dei.

— Você deu a cachorra? Mas por quê? — Rogelio a olhava sem compreender.

Ela deu de ombros e ele continuou a perguntar:

— E você não pode esperar estiar e a maré baixar?

— Não — disse ela.

Rogelio negou com a cabeça como que desaprovando, mas não tentou dissuadi-la nem continuou procurando uma explicação.

— Traz quatro pilhas para a lanterna — disse.

Damaris assentiu e seguiu seu caminho com a cachorra. Seria impossível atravessar a angra com ela na canoa, então foram a nado, se esquivando dos destroços da tempestade. Quando chegaram ao outro lado, Damaris voltou-se para o rochedo. Rogelio ainda estava na janela, observando-as.

Caminharam todo o trajeto até o outro povoado sob a chuva. Chegaram ensopadas e tremendo. Não havia ninguém na rua dos artesãos, nem Ximena nem os indígenas, e Damaris foi a uma loja maior que ficava alguns metros adiante. O jovem que atendia, um rapaz espigado e de olhos claros, disse a ela que achava que Ximena morava pelos lados de Arrastradero, um braço de mar longuíssimo que ia para lá do outro povoado.

Em outra venda, pouco antes do caminho para Arrastradero, Damaris voltou a perguntar e confirmou que Ximena morava seguindo pelo caminho, em uma casa pequena, azul, que se via do lado esquerdo, antes da descida para o píer. Àquela altura a chuva tinha se transformado em chuvisco e, quando chegaram, tinha parado por completo.

A casa de Ximena parecia de mentira, uma casa de bonecas em meio ao lodaçal que era o caminho para Arrastradero. Estava recém-pintada em cores vivas, as paredes de azul-real e as portas, as janelas, o parapeito da varanda e o teto, de vermelho. A porta estava aberta e de dentro saía um *reggaeton* a todo volume.

Damaris subiu à varanda e pôde ver o interior. A cozinha ficava nos fundos e era aberta para a sala. Ali havia uma mulher, mexendo o conteúdo de uma panela no fogão. Era da idade de Ximena, talvez um pouco mais nova, e lhe era familiar. Na sala, largados no sofá, havia dois rapazes do povoado, negros, sem camisa nem sapatos. Um estava de cueca e tinha trancinhas no cabelo e o outro, a cabeça raspada, correntes no pescoço e bermuda jeans. Ximena estava na frente deles, em um banquinho de madeira, com uma cerveja na mão e um cigarro na outra. Estava com a cabeça baixa e o cabelo despenteado. Era lá pelas nove da manhã e todos tinham cara de embriagados ou drogados, ou as duas coisas.

— Bom dia — cumprimentou Damaris, mas ninguém a ouviu. — Toc, toc — disse mais alto.

O rapaz de cueca se virou para ela e Damaris o reconheceu. Era um dos netos de dona Elodia. O rapaz chamou a atenção de Ximena e ela olhou para a porta e registrou, com os olhos nublados, Damaris e a cachorra. Apagou o cigarro em um cinzeiro que estava transbordando de bitucas, levantou-se e foi até elas bamboleando, ligeira de pernas, como se em qualquer momento fosse voar. Quando chegou, agarrou-se à porta.

— Minha cachorrinha — disse com a língua arrastada —, não me diga que está trazendo lá da sua casa?

— Estou sim.

— Ela saiu num minutinho que me descuidei e deixei a porta aberta.

— Está na minha casa desde ontem à tarde.

— Eu ia buscar, mas chegaram uns amigos de visita — disse Ximena, indicando os rapazes com um gesto.

— A cachorra é responsabilidade sua.

— Eu sei.

— Amarre, prenda, mantenha a porta fechada... Faça o que tem que fazer, mas não deixe que ela fuja.

— Não.

— Espero que não haja uma próxima vez, mas, se houver, não vou trazer de volta.

Quando estava bêbada, Ximena era mansa e condescendente, nada parecida com a Ximena briguenta de quando estava sóbria.

— Não se preocupe. Eu me responsabilizo — disse.

Damaris lhe ofereceu a corda. Ximena a pegou e se agachou com a intenção de acarinhar a cachorra, mas acabou caindo no chão. A última coisa que Damaris viu antes de se afastar pelo caminho foi Ximena sentada no chão com as pernas abertas feito uma boneca de pano e a cachorra com o rabo entre as pernas e a cabeça voltada para Damaris, olhando-a desconsolada, como se tivesse sido deixada num matadouro.

Damaris passou pela venda de seu Jaime e comprou crédito para o celular, pilhas extras para sua lanterna e a de Rogelio e fez um belo mercado. Naquela semana tinha chegado o salário pelos cuidados da casa de madame Rosa, Rogelio havia feito uma grande pesca com o tremalho e a tinha vendido a bom preço na cooperativa, então ela pôde pagar essas compras e tudo o que deviam com umas notas molhadas que tirou do sutiã, e ainda lhe sobraram algumas que dariam para fazer o mercado da semana seguinte.

À noite se dedicou a cozinhar. Fritou peixe e preparou sopa, arroz e salada. Deixou uma parte para o café da manhã e seu almoço do dia seguinte e embalou o resto para Rogelio, que iria trabalhar em uma vento e maré. A embarcação estava lá embaixo, longa, carregada com todos os equipamentos, pronta para partir. Damaris sentia-se feliz. Era provável que ele ficasse vários dias fora e ela queria mesmo esse tempo de solidão.

Rogelio saiu antes de o sol nascer e Damaris dormiu até tarde. Neste dia não fez nada. Como tinha cozinhado, não teve nem que preparar o almoço. Pôs o colchonete na sala do casebre e se deitou para ver televisão. Não tomou banho e dali se levantou só para ir ao banheiro, comer e alimentar os cachorros quando se plantaram na porta do casebre com insistência. Ela comeu diretamente das panelas, se masturbou duas vezes, uma pela manhã e outra no fim da tarde, e assistiu a todas as novelas, noticiários e realities, até que anoiteceu, desabou uma tempestade horrível, com ventos violentos e raios muito próximos, a luz acabou e ela caiu no sono.

No dia seguinte, não havia sinais da tempestade. Damaris acordou animada, decidiu que faria uma faxina pesada na casa grande e pôs o short de lycra curto e a blusa de alcinha desbotada que usava para trabalhar. Pela manhã, se concentrou no banheiro e na cozinha. Esvaziou os gabinetes e as gavetas para limpá-los a fundo, lavou a louça e todos os demais utensílios da cozinha, desengordurou os vidros das janelas e o espelho, esfregou a pia, o box, o lavabo, os pisos e as paredes e clareou os azulejos e os espaços entre os azulejos. Alguns deles estavam lascados, no espelho havia vários pontinhos pretos de umidade e a pia e o lavabo tinham algumas manchas de ferrugem, mas o resto estava reluzente e Damaris contemplou sua obra com satisfação.

Era meio-dia e ela foi ao quiosque para preparar seu prato favorito: arroz com um ovo frito, rodelas de tomate com sal e banana verde frita. Comeu devagar, olhando o mar, que estava azul e calmo depois da tempestade. Pôs-se a pensar nos Reyes, que em algum momento teriam que voltar, quem dera o fizessem em um dia como este e a encontrassem na casa grande em meio à jornada de limpeza, ela suada e suja em seu short de lycra curto e sua blusa de alcinhas de trabalho, para que percebessem que era uma trabalhadora de valor mesmo quando não lhe pagavam nem um peso, que era uma boa pessoa.

Lembrou-se do finado Nicolasito, sua risada, seu rosto, as cambalhotas que dava na piscina... Do dia que fizeram um trato e apertaram as mãos, muito sérios, como se fossem adultos, e a vez que ele lhe explicou que os animais e o menino dos desenhos das cortinas e do jogo de cama de seu quarto eram de seu filme favorito, que se chamava *O Livro da Selva*, que também era um livro e falava de um menino que se perdia na selva e era salvo pelos animais. "Ele era salvo pelos animais?", perguntou Damaris, confusa, e quando Nicolasito disse que sim, que foi salvo por uma pantera e uma família de lobos, Damaris soltou uma gargalhada, porque isso era impossível.

Embora parecessem felizes, eram recordações horríveis, porque sempre a levavam ao mesmo lugar. Ele, branco e esguio, de frente para o rochedo. "Maldita onda que o levou", pensou. Não, maldita ela, que não o deteve, que não o impediu, que ficou ali, sem fazer nada, sem nem sequer gritar.

Damaris voltou a sentir o peso da culpa como se o tempo não tivesse passado. O sofrimento dos Reyes, as chicotadas de seu tio, os olhares das pessoas que sabiam que ela, por conhecer o rochedo e seus perigos, poderia ter evitado a tragédia, e as palavras de Luzmila, que alguns meses depois, antes de dormir, em meio à escuridão da noite, insinuou que Damaris havia sentido inveja de Nicolasito. "Porque ele tinha galochas", disse. Damaris ficou furiosa: "Quem tinha inveja dele era você", respondeu e não voltou a falar com a prima até ela lhe pedir perdão.

Agora tinha ficado ausente por um momento, com o olhar perdido no concreto polido do piso, pensando na mãe, no dia em que ela partiu para Buenaventura, deixando-a com o tio Eliécer. Damaris tinha quatro anos, um vestido herdado que ficava pequeno nela e duas trancinhas fincadas no alto da cabeça, feito antenas. Naquela época não havia cais nem lanchas velozes, só um barco que vinha uma vez por semana e no qual as pessoas embarcavam por meio de pequenas canoas que saíam da praia. Damaris e o tio estavam na areia e sua mãe na linha em que as ondas quebravam, com as calças arregaçadas. Certamente estava a ponto de subir na canoa que a levaria ao barco, mas o que Damaris guardava na memória era a mãe afastando-se a pé mar adentro, até se perder de vista. Era uma das recordações mais antigas, e sempre a fazia se sentir só e chorar.

Damaris limpou as lágrimas e se levantou. Lavou os pratos e voltou para a casa grande para continuar o trabalho. Tirou as cortinas da sala e dos quartos. Levou-as ao tanque e separou as do finado Nicolasito, que sempre lavava à parte, com o maior cuidado e delicadeza. Lavar as cortinas era um trabalho duro, que requeria dedicação e músculo, sobretudo as da sala, que eram enormes, pois cobriam um janelão que ia do chão ao teto e de parede a parede. O tanque não era grande e ela precisava esfregar as cortinas por partes, com as costas curvadas e as mãos labutando com força, repetidas vezes até que a espuma tirasse a sujeira e a água corresse clara, e assim era com todas as partes da cortina, as costas doendo, as mãos desajeitadas de homem esfregando sem pausa, pensando que não lhe pagavam por esse trabalho e que era verdade que tinha sentido inveja de Nicolasito, mas não por causa das galochas nem das coisas bonitas que ele tinha, as camisetas novas, os brinquedos que o Menino Jesus lhe trazia,* as cortinas e o jogo de cama de *O Livro da Selva*, e sim porque ele vivia com os pais, o senhor Luis Alfredo, que lhe dizia "Campeão, topa uma queda de braço?" e sempre o deixava ganhar, e a madame Elvira, que sorria quando o via chegar e passava a mão no cabelo dele para ajeitá-lo. Tam-

* A tradição natalina colombiana diz que quem leva presentes às crianças não é o Papai Noel, e sim o Menino Jesus. (N.T.)

bém pensou que era merecedora de todos os olhares feios das pessoas, de todas as suspeitas e acusações e todas as chicotadas do tio Eliécer, que ele devia ter batido nela mais vezes e com maior fúria.

Quando terminou, faltava pouco para o entardecer e ela estava acabada. O mar seguia tranquilo como uma piscina infinita, mas Damaris não se deixou enganar. Ela sabia muito bem que se tratava do mesmo animal maligno que engolia e cuspia gente. Tomou banho no tanque, pendurou as cortinas nas cordas do quiosque para secar e comeu os restos de arroz que havia na panela. Deu-se conta de que não tinha visto os cachorros e os procurou para alimentá-los, mas não os encontrou em lugar nenhum. Foi até o casebre e, sem tirar a roupa de trabalho, deitou-se no colchonete na frente da televisão pensando em descansar um pouco, mas adormeceu na metade da novela com um sono profundo e sem sobressaltos, parecido com a morte, que durou até a manhã seguinte.

Não tinha chovido e naquela manhã fazia um dia lindo. Damaris desligou a televisão, que havia ficado ligada a noite inteira, abriu as janelas do casebre para que entrasse o sol e saiu em direção ao quiosque com a intenção de preparar um café. O que encontrou a deixou gelada. As cortinas do finado Nicolasito estavam no chão, sujas de barro e rasgadas. Damaris agachou-se para recolhê-las e ficou com um pedaço na mão. Estavam destroçadas a ponto de ser impossível repará-las. As cortinas de *O Livro da Selva* de Nicolasito!

Então viu a cachorra. Estava no fundo do quiosque, estirada junto ao fogão de lenha, atrás das outras cortinas, que ela não tinha tocado e continuavam penduradas. Furiosa, Damaris pegou uma corda de amarrar lanchas, fez um nó corrediço, saiu do quiosque pelo lado que dava para a piscina, o rodeou, entrou pelo lado do fogão e enlaçou a cachorra por trás, antes que ela pudesse perceber o que estava acontecendo. Puxou a corda para que o nó se apertasse, mas, em vez de parar ali, tirar-lhe a corda do pescoço e cruzá-la, continuou apertando e apertando, lutando com toda a sua força enquanto a cachorra se retorcia diante de seus olhos, aparentemente incapazes de registrar o que viam, nada além das tetas inchadas do animal.

"Está prenha outra vez", pensou e continuou apertando com mais vontade, apertando e apertando, até muito depois de a cachorra cair extenuada, fazendo um novelo no chão, e parar de se mexer. Uma poça amarela de urina, que cheirava forte, se esparramou lentamente em direção a Damaris e se tornou cada vez mais comprida e fina até que alcançou seus pés descalços. Só então ela reagiu. Afrouxou as mãos da corda, se afastou da poça, se aproximou para tocar com o pé a cachorra e, como ela não se mexeu, teve que aceitar o que tinha feito.

Consternada, soltou a corda e olhou a cachorra morta, a poça alongada de urina e a corda estendida no chão feito uma cobra. Observou tudo com horror, mas também com uma espécie de satisfação, que era melhor não reconhecer e enterrar debaixo das outras emoções. Exausta, Damaris sentou-se no chão.

Não soube quanto tempo ficou assim. Pareceu uma eternidade. Então, engatinhando, se aproximou da cachorra para tentar afrouxar a corda do pescoço. Não conseguiu e depois de outra eternidade se levantou, pegou uma faca grande e a usou para cortar a corda. A cachorra ficou livre e Damaris sentiu vontade de acarinhá-la, mas não o fez. Apenas a olhou. Parecia adormecida.

Em seguida a ergueu em seus braços, que lhe doíam por todo o esforço, e a levou até a mata. Deixou-a bem longe, passando o barranco, junto a um ingazeiro, onde o solo estava coberto de folhas e da penugem branca das flores da árvore. Era um lugar bonito, que lhe trazia boas recordações, pois ela, o finado Nicolasito e Luzmila tinham subido nessa árvore incontáveis vezes em busca de frutos. Antes de ir embora, contemplou a cachorra por alguns instantes, como se rezasse.

Damaris dobrou as cortinas danificadas do finado Nicolasito e as enfiou num saco plástico, que guardou no armário do quarto dele, entre suas roupas e bolinhas de naftalina. Doeu pensar na janela nua e imaginar a reação dos Reyes quando entrassem no quarto do filho morto e notassem que faltavam as cortinas. Também pensou em Rogelio, que certamente diria algo como "Típico desse bicho". "Maldita cachorra", disse para si enquanto ia buscar um lençol velho para tapar a janela, "bem que mereceu".

A limpeza da casa grande não tinha acabado ainda. Faltava assear os armários, encerar o piso de madeira e lavar a roupa de cama, mas naquele dia não teve ânimo para fazer mais nada, sequer cozinhar ou comer, e, como os cachorros não tinham voltado, também não teve que alimentá-los. Jogou-se no colchonete, passou outro dia inteiro vegetando na frente da televisão e não conseguiu dormir nem quando já era madrugada, nem mesmo depois de ter começado a chover e de a luz ter acabado.

Era um aguaceiro potente, mas, como não havia vento, caía de forma estável e vertical no telhado de amianto, martelando-o, afogando todos os outros sons, todas as outras sensações, e Damaris achou que não conseguiria suportar nem um minuto mais. Não conseguia tirar da cabeça o que tinha acontecido, a luta empreendida pela cachorra, ela torcendo o braço para apertar a corda e dominá-la, puxando com toda a força, encurtando a corda até não haver mais resistência. Então isso era matar. Damaris pensou que não era difícil nem tomava muito tempo.

Então lembrou-se da mulher que fatiou o marido com um machado e deu os pedaços a uma onça, que nas notícias chamaram de jaguar. A mulher tinha ido a uma reserva no baixo San Juan e a onça estava enjaulada. Dizia que não tinha matado o marido, que ele tinha morrido por causa da picada de uma jararaca e, como estavam longe de tudo e sem ter como se comunicar, ela não soube o que fazer com o cadáver. Não podia enterrá-lo porque a terra naquela floresta era argilosa, tão dura que seria impossível abrir um buraco do tamanho necessário, e, em vez de jogá-lo ao mar ou deixar que os abutres o comessem, preferiu dá-lo à onça, que estava sempre com fome. Ninguém acreditou. Uma mulher que tinha sido capaz de fatiar o corpo do marido e dar os pedaços a uma onça estava tão cheia de raiva que só podia tê-lo matado mesmo.

Quando a polícia que a levava de San Juan a Buenaventura fez uma parada no povoado, todos foram vê-la no cais. Estava algemada, e o cabelo, que era comprido e preto, lhe caía sobre o rosto, mas ainda assim todos puderam ver seus olhos. Eram cor de café, ordinários, os olhos de uma *blanquita* que em outras circunstâncias não teria marcado a memória de ninguém. No entanto, seu olhar, que nunca se abaixou, que ela manteve altivo diante de qualquer pessoa que se atreveu a encará-la, era tão duro que Damaris não o esqueceu. Era o olhar de uma assassina, o mesmo que ela devia ter agora, o olhar de alguém que não se arrepende e sente alívio por ter se livrado de um peso.

Ximena não tinha cuidado da cachorra, que outra vez estava prenha, que teria continuado a fugir e a retornar àquela que considerava sua casa, sem se importar com quantas vezes Damaris a levasse de volta. Teria acabado parindo no quiosque, e de novo ela iria cuidar dos filhotes, pois a cachorra, como a péssima mãe que tinha demonstrado ser, os teria abandonado, e desta vez sabe-se lá quantos teriam nascido e quantas fêmeas que ninguém iria querer. E aí sim Damaris teria que lançá-los ao mar, que era a mesma coisa que matá-los, vários cachorros em vez de uma só, o que teria solucionado o problema.

O lugar onde a tinha deixado era perfeito. Ficava longe das trilhas, estava oculto pela mata e ninguém nunca ia até lá. A gente do povoado, quando visse os abutres, se é que prestava atenção neles, pensaria que se tratava de algum animal silvestre, um gambá, um veado ou um bicho-preguiça, como o que tinha morrido, certa vez, perto de La Despensa. Além do mais, naquela floresta bastariam três ou no máximo quatro dias para que o cadáver ficasse reduzido a ossos, que ela recolheria e jogaria ao mar sem que ninguém notasse, de noite e quando a maré estivesse baixando, para que os levasse para bem longe. Damaris suplicou para que Rogelio chegasse depois que ela tivesse desaparecido com os restos. "Vai chegar depois, com certeza", pensou, otimista.

E se Ximena perguntasse pela cachorra, o que sem dúvida faria em algum momento, Damaris diria que não a tinha visto. "Por quê?", perguntaria ela, se fazendo de boba, "Faz quanto tempo que ela não aparece, só para saber?". "Tudo isso!", exclamaria ao ouvir a resposta, "E só veio procurar por ela hoje?! Você é muito irresponsável, vá saber por onde e como andará essa pobre cachorra, se eu soubesse que não ia cuidar dela, jamais teria dado a você".

A não ser que algum dos vizinhos da angra, que reconheciam a cachorra por seu pelo cinza, a tivesse visto subir o rochedo naquela manhã ou que Ximena desse para insistir no assunto, zangada como no outro dia, ou, pior ainda, acusadora, como com os vizinhos de quem ela falava, sem ter prova alguma, que tinham envenenado seu cachorro.

Para que foi lhe dar seu telefone?, repreendeu Damaris a si mesma. Para que foi dizer que, se a cachorra fugisse, ela não a levaria de volta? Para que foi insistir que era obrigação dela vir buscá-la? Agora só o que faltava era essa senhora aparecer na casa. "Que nada", Damaris se tranquilizou, "com certeza continua bêbada e drogada com seus rapazes".

O aguaceiro e a escuridão foram se diluindo quase ao mesmo tempo, e Damaris levantou-se quando clareou por completo. Não tinha dormido nada, mas não se sentia cansada. Mal chegou ao quiosque e a invadiu um cheiro de urina, acre e concentrado. Tinha se esquecido de limpar a poça. Em vez de preparar o café, foi ao tanque pegar o detergente e os utensílios de limpeza. De quatro, esfregou o piso, não apenas a área onde a cachorra tinha urinado, mas o quiosque todo, e depois o secou com o pano de chão. Aspirou. Achou que o cheiro não tinha amenizado nada e, antes de começar a limpar outra vez, decidiu tomar um banho, para ver se quem estava cheirando era ela, pois, enquanto limpava, tinha sujado as mãos, os joelhos e o short.

Damaris foi ao tanque e começou a jogar água no corpo com a cuia. Ainda sentia o cheiro de urina. Esfregou-se com o sabão azul de lavar roupa por todas as partes e se enxaguou. O cheiro não desaparecia. Então pegou um espelho retangular que usava quando se penteava e espremia espinhas. Queria ver se encontrava nesse espelho o olhar da mulher que tinha fatiado o marido e lhe pareceu que sim e que as pessoas veriam também e perceberiam o que ela havia feito. Então examinou as mãos largas e ásperas com que tinha matado uma cachorra com a barriga cheia de cachorrinhos e pensou ver as marcas da corda nelas. Angustiada, como se rogasse aos céus, olhou para cima. Os abutres tinham chegado.

Alguns voavam em círculos sobre a área onde ela deixara a cachorra, outros tinham pousado nos galhos de uma árvore moribunda, mas muito alta, que havia perto do ingazeiro. Os abutres da árvore estavam encurvados e olhavam para baixo, como se estivessem prontos para se lançar e só faltasse que alguém lhes desse o sinal. Eram muitos, muito mais do que havia quando acharam o finado Josué e o bicho-preguiça morto. Damaris, molhada como estava e cheirando a urina, foi do tanque em direção ao jardim e à escadaria para ver se no povoado alguém os tinha detectado.

Aproximou-se, mas não chegou a examinar a praia ou o cais, que era onde mais se concentrava gente, nem mesmo as casas à beira da angra, porque a primeira coisa que viu foi Ximena na margem oposta. A maré estava alta e ela, com as calças arregaçadas, estava se acomodando em uma canoa. O remador, um dos pescadores que viviam na angra, começou a remar em direção ao rochedo enquanto Ximena falava sem parar. Podia estar lhe contando qualquer coisa, os pormenores de uma fofoca do outro povoado ou as maravilhas do clima daquela manhã ensolarada, mas Damaris achou que estava falando da cachorra e que o pescador respondia que ele a tinha visto subir o rochedo no dia anterior. Damaris quis se esconder, mas então ele apontou para cima e os dois alçaram a vista e ficaram olhando o céu preto de abutres. Também viram Damaris, que não teve tempo de se esconder nem de fazer nada. Ximena ergueu a mão em um gesto que podia ser de saudação e que Damaris entendeu como de ameaça. Sentiu-se perdida.

Em um primeiro momento, contemplou a ideia de ficar ali até que Ximena chegasse, deixar que visse as mãos e o olhar de assassina e que notasse o cheiro de urina, aceitar seu erro e o castigo que lhe cabia, mas disse a si mesma que nem Ximena nem a gente do povoado poderiam castigá-la como merecia. Então pensou que talvez devesse ir para a mata, descalça e vestindo apenas seu short curto de lycra e sua blusa de alcinhas desbotada, e caminhar para lá de La Despensa, da estação de cultivo de peixes, dos terrenos da Marinha, pelos lugares que tinha percorrido com Rogelio e os que não tinham chegado a conhecer, para se perder como a cachorra e o menino das cortinas de Nicolasito, lá, onde a selva era mais terrível.

intrinseca.com.br

@intrinseca

editoraintrinseca

@intrinseca

@editoraintrinseca

intrinsecaeditora

1ª edição	MARÇO DE 2021
reimpressão	JANEIRO DE 2025
impressão	LIS GRÁFICA
papel de miolo	LUX CREAM 70 G/M²
papel de capa	CARTÃO SUPREMO ALTA ALVURA 250 G/M²
tipografia	COCHIN